Anna Oliverio Ferraris

TUTTI PER UNO

Romanzo

SALANI EDITORE

ISBN 978-88-9381-619-9

Per essere informato sulle novità
del Gruppo editoriale Mauri Spagnol visita:
www.illibraio.it

ADRIANO SALANI EDITORE
Da 150 anni più felici con un libro

Gruppo editoriale Mauri Spagnol
Milano
www.salani.it

Ad Albertina

La pizza

«Questa sera andiamo in pizzeria» aveva detto papà, come tante altre volte, e a me era sembrata una bella idea. Ci andavamo spesso, noi tre, a farci una pizza alla Mora, che affacciava sulla piazza del mercato a soli cento metri dal portone di casa. Per entrare nel locale, con le sue pareti rivestite di legno chiaro, bisognava scendere qualche gradino. Sulla parete di fondo c'era il forno a legna, da cui emanavano calori e odori confortanti. Lì dentro si svolge un rito sempre uguale, che non mi stancavo mai di osservare.

Moustafà impasta e guarnisce le pizze ordinate dai clienti. Adil le infila nel forno con la lunga pala di legno. Quando sono pronte, poi, le sforna roventi e con un colpo ben assestato le fa saltare sul piatto che Moustafà gli tende. I loro movimenti sono veloci, sincronizzati alla perfezione. Una specie di balletto. Non mi è mai capitato, anche se mi sarebbe piaciuto, di vedere una delle pizze manovrate da Adil scivolare dalla pala o mancare il piatto, anche se a volte è proprio lì lì per rotolare di sotto e spiaccicarsi sul pavimento.

Ne parlo come se avessi sempre continuato andarci, ma purtroppo le cose sono andate in modo ben diverso.

Alla Mora potevo scegliere la pizza che preferivo, anche quella con i wurstel su cui mamma non era mai d'accordo. «Chissà cosa ci mettono dentro» obiettava facendo ondeggiare i suoi bei capelli biondi. Papà però mi veniva sempre in aiuto: «Cosa vuoi che ci mettano, sono prodotti controllati» commentava sbuffando, ma con un sorriso. Poi allungava il braccio sulla tovaglia a scacchi bianchi e blu e in segno di pace posava la sua mano abbronzata e callosa su quella pallida e liscia della mamma. Mi piaceva quel gesto. Mi provocava dei brividi lungo tutta la spina dorsale. Voleva dire che si piacevano. Che andavano d'accordo. In altre parole, che si amavano. Mamma sorrideva e alla fine acconsentiva: «E va bene, per questa volta… ec-ce-zio-nal-men-te».

Volevo bene a papà e mamma e, per assistere a quei loro momenti di intesa, capitava che io insistessi per la pizza con i wurstel, anche se mi sarebbe andata benissimo anche la capricciosa.

Cenare in pizzeria era decisamente meglio che cenare a casa. Mamma non doveva spadellare e io non dovevo apparecchiare, sparecchiare la tavola e soprattutto sistemare le stoviglie unte nella lavapiatti, un compito che mi annoiava da morire. Nei locali caldi e accoglienti della Mora papà si lasciava andare e parlava più del solito. Raccontava del suo lavoro ma anche storie buffe che facevano ridere la mamma. Anch'io ridevo, anche se non sempre capivo le allusioni a persone e situazioni di cui soltanto loro erano al corrente. Storie di gente che non conoscevo o su cui avevo informazioni frammentarie. E quando alludevano al sesso assumevo un'espressione svagata, fingendo di essere distratta. Papà si rivolgeva anche ai clienti degli altri tavoli, che lo conoscevano e lo chiamavano per nome. Mamma annuiva, sorrideva, diceva anche lei qualche parola senza importanza, ma gentile.

Lei, la mia mamma, si chiama Lucia e insegna alle scuole elementari. Lo so che adesso si dice scuola primaria, ma non mi sono mai abituata a questo termine, mi sembra troppo burocratico.

Il mio papà invece si chiama Giovanni. Di mestiere fa il meccanico. Non però un meccanico qualunque. Papà è titolare di un'officina dove si riparano moto, automobili, furgoni e, all'occorrenza, anche motorini e biciclette. Ha cinque dipendenti che chiama 'la mia squadra'. Sono tipi scherzosi e gentili. Parlano in romanesco, ovviamente. Siamo amici. Li conosco dalla nascita. Mi gonfiano le gomme della bici, sistemano le rotelle del cambio quando si inceppano e ogni tanto la puliscono da cima a fondo.

Papà nel suo lavoro è un genio. Una volta, eravamo a Pescasseroli, ha riparato le pale di un elicottero del pronto soccorso, eppure non gli era mai capitato di salire su un elicottero prima di allora, né tanto meno di aggiustarlo. L'officina di papà per me era un mito. I clienti venivano anche da quartieri lontani di Roma per fargli riparare le loro automobili. «È il passaparola» mi aveva spiegato una volta, «che ha lo stesso valore di un diploma, anzi di più, di una laurea».

Mamma è andata a scuola fino a diciannove anni, papà invece ha abbandonato dopo la seconda media.

Non perché non sia intelligente, ma perché non gli andava proprio di studiare. «I libri non fanno per me. Dopo due pagine vado in tilt» mi diceva, ma poi aggiungeva senza logica: «Tu studia, però». Nonno Mario ci aveva fatto una malattia, perché papà non si era diplomato: pare gli ripetesse fino alla nausea che non avrebbe mai combinato niente nella vita e invece lui ora guadagna quattro volte lo stipendio di mamma. Peccato che nonno non ci sia più, riconoscerebbe di avere sbagliato ma sarebbe contento.

«Con lo stipendio di mamma riusciremmo a comprarci solo i lecca lecca». Era una frase che a me non piaceva, ma che papà aveva ripetuto spesso, prima di quella sera.

Quella sera avevo dieci anni, un mese, tre settimane e quattro giorni e mentre mi avviavo allegra in pizzeria, in mezzo a mamma e papà, pensavo che stavo proprio bene con i miei genitori, anche se ero figlia unica. «Siamo proprio un bel triangolo» era un'altra frase di papà. Io in realtà avrei voluto un fratellino o una sorellina, maschio o femmina non aveva importanza, mi sarebbero andati bene anche due gemelli. «Quando arriva il fratellino?» chiedevo timidamente di tanto in tanto. «Vedremo...» rispondevano guardandosi l'un l'altra negli occhi, con un sorrisetto di intesa che mi lasciava ben sperare. Mamma mi sembrava più favorevole di papà. Eppure, pensavo, papà guadagna bene e potrebbero permettersi la tata.

I fratelli, o qualcosa di simile, sono poi arrivati, ma non come me li ero immaginati.

Dal mio quinto compleanno ho preso l'abitudine di contare i giorni che passano. Quella volta papà e mamma, che avevo sentito litigare di notte in camera loro, si erano dimenticati di farmi gli auguri. Anch'io mi ero dimenticata, credo per l'agitazione che mi aveva creato quel loro litigio notturno. Eppure ci tenevo tanto a festeggiare perché cinque anni, nella mia immaginazione di allora, rappresentavano una svolta, una specie di maggiore età infantile. Cinque anni è tanto, mi dicevo quando ne avevo soltanto quattro. Alla scuola materna i bambini di cinque anni ci comandavano, noi piccoli, così pensavo che quando fossi arrivata a cinque anni tutto sarebbe cambiato per incanto.

Era stata nonna Chiara a ricordarsene in extremis e a organizzare, quando erano ormai le sette di sera o poco più, un piccolo festeggiamento con una torta e cinque candeline rosa. Ancora me la ricordo quella torta, era una crostata di albicocche molto pallida e poco cotta, l'ultima che era rimasta in panetteria prima della chiusura.

Se tengo il conto e ogni giorno ne aggiungo uno, avevo pensato la notte del mio quinto compleanno mentre un po' mogia mi infilavo sotto le coperte, non potrà più succedere che mi dimentichi dei prossimi compleanni. E così incominciai a contare, ogni giorno, fino al sesto compleanno. Un'abitudine che poi mi è rimasta anche negli anni successivi e che ho perso solo di recente.

Ogni mattina appena sveglia aggiungevo un numero nella mia mente. La maestra di inglese che ebbi in terza elementare mi disse, quando lo venne a sapere, che non era una cosa normale, l'aveva chiamata *obsession*, con lo stile sbrigativo tipico di quella lingua.

Il significato di quella parola allora non l'avevo capito. Ci rimasi male ugualmente, perché ho sempre avuto una passione per i numeri.

Mi piacciono i numeri che cambiano ogni giorno. Ma mi piacciono anche i numeri in sé: la loro forma, il fatto che unendosi formano altri numeri, brevi e lunghi. Sette, per esempio, è scattante. Tre ha una forma bellissima, oltre a essere un numero primo. Cento mi trasmette una sensazione di pace.

Parlando di quel litigio notturno, però, non vorrei avervi dato l'impressione che i miei genitori si scontrassero continuamente, è vero se mai il contrario. Discutevano raramente. Come è giusto che sia quando c'è un accordo di fondo. Per la maggior parte del tempo erano garbati e affettuosi tra loro. Capitava anche che si abbracciassero in mia presenza, come se nulla fosse. Con me poi erano più gentili che bruschi, più tolleranti che criticoni. Insomma, una condizione ideale per una figlia unica come ero io a quel tempo.

Ora però torniamo a quella sera in pizzeria, quando avevo dieci anni, un mese, tre settimane e quattro giorni. Una sera fatale, diversa da tutte le altre, che impresse un nuovo corso alla mia vita.

La prima stranezza fu che mamma, senza dire una parola, attraversò tutto il locale e si diresse verso un tavolo molto laterale, collocato in una specie di nicchia, dove non ci eravamo mai messi prima di allora. Era come se cercasse un nascondiglio, fuori dalla vista degli altri clienti, che in gran parte conoscevamo. La seconda stranezza fu che papà quella sera appariva normalmente cordiale con Adil e Moustafà ma evitava di parlare sia con mamma che con me, come se l'avessimo offeso o si vergognasse di noi. La terza fu che mamma si sforzava di sorridermi ma senza riuscirci. Invece di un sorriso le veniva una smorfia melanconica. La quarta era il suo pallore, più accentuato del solito. A differenza di me e papà, lei ha una carnagione molto chiara, ma quella sera era davvero pallidissima.

Capii immediatamente che non era il caso di chiedere la pizza con i wurstel. Fu lei a decidere per tutti e ordinò tre napoletane.

Loro tacevano. Immusoniti. Non guardavano né per dritto né per trasverso. E soprattutto evitavano di guardarsi l'un l'altra. Mentre aspettavamo che Moustafà portasse le pizze, mamma se ne stava con gli occhi incollati alla tovaglia e papà tamburellava fastidiosamente sul tavolo con le sue grosse dita da meccanico. Io divento nervosa quando le persone sono così tese e incavolate e il primo impulso è quello di mollare tutto. Di andarmene, scappare e non pensarci più. So però trattenermi, almeno per un po'. Così, nel tentativo di alleggerire l'atmosfera, incominciai a raccontare alcune delle storie buffe che erano capitate a scuola negli ultimi tempi.

Parlai di quella volta in cui Sergio, il compagno che stava nel banco davanti al mio, chiamato all'improvviso dalla maestra che voleva interrogarlo, era scivolato dalla sedia per lo spavento e tutti eravamo scoppiati a ridere, compresa la maestra. Raccontai poi di Mirella, che durante il dettato di inglese si era fatta scoppiare la gomma da masticare in faccia. Le erano rimasti tutti i pezzetti rosa sugli occhi, non riusciva più a staccarli. E poi ricordai le risate che ci facevamo in classe quando Aziz, cercando di esprimersi in italiano, diceva 'morto' invece di corto, 'colazione' invece di collezione e persino 'culo' invece di mulo. Papà e mamma sorridevano ai miei racconti ma si vedeva che non gliene importava nulla. Non mi ascoltavano proprio e pensavano a tutt'altro. Tutti e due alla stessa cosa, come ebbi modo di capire di lì a poco.

Finalmente arrivarono le napoletane. «Eccole!» sospirò mamma come se l'attesa fosse stata intollerabile. «Mangiamo finché sono calde» ingiunse perentorio papà. Una frase detta tanto per dire, perché erano roventi. A quel punto mi fu del tutto chiaro che doveva essere successo qualcosa. Un incidente? Un malanno? Una disgrazia? E, nel caso, a chi?

«Come sta nonna?» chiesi. Alcuni giorni prima era inciampata sul marciapiede sotto casa. Roma è disseminata di buche grandi e piccole, comprese le voragini che possono aprirsi sotto i piedi di chiunque se per caso esplode una fogna.

«Nonna sta bene» rispose la mamma, «nulla di rotto, come sai, solo un'abrasione al ginocchio e un livido alla caviglia, una sciocchezza». Lo disse con un tono stanco. Accasciato, per la precisione.

Fu allora che papà prese l'iniziativa e incominciò a parlare di quello che loro due, d'accordo, avevano deciso di comunicarmi quella sera. Lì, in pizzeria, su un terreno neutro.

«Fabri, io e mamma dobbiamo dirti una cosa». Il tono era grave. Avvertii un brivido lungo la schiena. «Dobbiamo dirti... e vabbe'...» si interruppe, come se lui, sempre tanto loquace con tutti, non riuscisse a trovare le parole giuste con me. Sul suo viso comparve una smorfia di impazienza, guardò la mamma in cerca di aiuto, ma non trovando alcuna partecipazione si zittì.

Che cosa stava succedendo? Che cosa avevano da dirmi e perché non riuscivano a tirarla fuori?

«Be'?» domandai con un filo di voce. «Uno di voi è...?» non riuscivo a dire quello che pensavo.

Pensavo a qualcosa di molto brutto. A un cancro per esempio. Sapevo che non capitava solo alle persone anziane come nonno Mario, che era morto di un tumore al polmone per il troppo fumo, poteva capitare anche alle persone di mezza età come i miei genitori. Mi pentii immediatamente di averlo pensato, perché a dieci anni avevo spesso la sensazione, anche se non ci credevo fino in fondo, che i pensieri potessero tramutarsi in realtà.

Mi guardarono entrambi in attesa che terminassi la frase.

Perché non mi vengono in aiuto, pensai. Poi, tutto d'un fiato: «Uno di voi due è malato... per caso?»

«No, no, ma cosa vai a pensare! Tranquilla, stiamo bene... tutti e due» intervenne mamma posando la sua mano sulla mia.

«Che mano fredda» notai «è gelida» e bruscamente sottrassi la mia.

Il silenzio che seguì fu lungo e carico di tensione.

Scostandomi i capelli dalla guancia, guardandomi negli occhi e con un tono insolitamente grave nella voce, papà disse: «Fabri, ti sarai accorta che ogni tanto litighiamo... abitiamo tutti nella stessa casa, avrai sentito...»

Non dissi né sì né no. Lui prendeva tempo, sperava che io capissi, che non fosse necessario spiegare. Sperava di non dover usare parole che non sapeva gestire. E invece io continuavo a non capire dove volesse andare a parare.

«Avrai notato che litighiamo sempre più spesso...» ma nuovamente si fermò alla ricerca delle parole.

«No, non ho notato un bel niente» feci spallucce e con l'aria di chi la sa lunga aggiunsi «e poi che c'è di male... è normale che le persone litighino. Capita a tutti di litigare».

«Tanto normale non è» intervenne mamma afferrandomi di nuovo la mano e stringendomi le dita tra le sue «e poi dipende dal motivo per cui si litiga».

Deglutii e senza accorgermene inghiottii un pezzo di pizza che avevo sulla lingua ma che non avevo ancora masticato. Per un attimo mi sentii soffocare, ma non lo diedi a vedere.

Perché non mi lasciavano in pace? Perché volevano raccontarmi le loro cose? Che cosa c'entravo io? Non volevo sentirli.

Papà lanciò un'occhiata interrogativa alla mamma, ma poiché lei teneva gli occhi incollati alla tovaglia, buttò lì un grumo di parole rapide e secche: «Insomma, io e tua mamma non andiamo più d'accordo».

Deglutii di nuovo, non senza però avere prima sputato nel piatto il pezzo che avevo appena messo in bocca. «È ustionante!»

'Io e tua mamma' non l'avevo mai sentito dire. Mamma era anche sua moglie, non solo mia mamma.

«Abbiamo deciso di separarci. Lo abbiamo deciso insieme... di comune accordo» fu papà a pronunciare quella che a me sembrò una cattiveria bella e buona. Lo disse con un tono insolitamente odioso.

«Proprio insieme non è la verità» intervenne lei con un tono di voce basso ma deciso «bisogna dire le cose come stanno».

Deglutii ancora e ancora, mentre gli occhi mi si riempivano di lacrime bollenti. Ma perché erano così antipatici quei due? Perché tormentare la loro unica figlia? Premetti entrambe le mani sulle orecchie. Non volevo più ascoltare le loro parole. Non volevo che mi spiegassero 'le cose come stanno'. E quando mamma mi scostò una mano da un orecchio «Non voglio sentire nulla» dissi irritata, alzando la voce. «Sono cose vostre che non voglio sapere».

I clienti più vicini a noi smisero di masticare e si voltarono incuriositi.

«Buona Fabri, sii buona... sono cose che succedono. Non è certo la fine del mondo. Capita spesso. Nella tua classe ci sono parecchi bambini i cui genitori si sono separati» intervenne papà carezzandomi i capelli.

Scostai la testa di scatto. Era come se avessi ricevuto una scarica elettrica. Non sopportavo che mi toccasse in quel momento.

«E che ti ho mai fatto! Dai, non fare la sciocchina!»

Arrossii violentemente, le persone sedute ai tavoli con gli occhi fissi su di noi erano raddoppiate.

Per alcuni minuti masticammo tutti e tre in silenzio.

«Io e mamma ci separiamo, ma noi continueremo a vederci» riprese papà cercando di tenere un tono di voce contenuto e basso. «Mi potrai telefonare ogni volta che vorrai, potrai venire in officina in qualsiasi momento e ogni fine settimana staremo insieme per almeno due giorni. Continueremo a fare le nostre gite in bicicletta». Cercò di nuovo di accarezzarmi i capelli, ma io di nuovo non glielo permisi, eppure mi era sempre piaciuto, sino ad allora, sentire la sua grossa mano ruvida e callosa sui miei capelli.

«Insomma...» insistette, e con due dita mi afferrò il mento per obbligarmi a girarmi e a guardarlo negli occhi.

«Mi fai male» protestai sottraendomi al suo sguardo e cercando di divincolarmi.

Ormai avevamo addosso gli occhi di tutta la sala.

«Lasciala...» disse mamma in quello che mi sembrò un soffio gelido.

Papà abbandonò la presa.

Tagliai un pezzetto di pizza, me lo infilai in bocca, lo masticai a lungo ma non riuscii a inghiottirlo. Per la prima volta in vita mia ebbi la bizzarra sensazione di avere il petto pieno di una lana ruvida e bollente.

«E mamma? Non la vedrai più?» chiesi dopo avere sputato nel piatto il boccone che non ero riuscita a inghiottire. Sapevo che le persone che si separano non vogliono più stare insieme, ma mi sembrava irrealistico che di punto in bianco decidessero di non vedersi più.

«Ma no, ma no, certo che ci vedremo» rispose papà con un tono falsamente rassicurante, «solo che abiteremo in case diverse. Sarò io ad andare ad abitare altrove, voi resterete in quella che è stata e resterà la vostra casa di sempre» concluse con un sorriso un po' sciocco.

Deve essere la solita litania che i genitori che decidono di separarsi recitano ai figli per farli stare buoni, pensai, e quando Moustafà mi prese il piatto su cui c'era ancora metà della pizza e gentilmente mi chiese se volevo la macedonia, gli risposi un no secco.

Mi pentii immediatamente di aver usato quel tono con Moustafà.

«Ma è così che succede, qualche volta» mi avrebbe spiegato in seguito una psicologa di nome Barbara, «sei arrabbiata con uno e te la prendi con un altro che non c'entra nulla, solo perché ha la sfortuna di trovarsi lì in quel momento. E finisce che offendi una persona con cui vai d'accordo».

Ero furiosa con i miei genitori e con il mondo intero, sia per quello che mi avevano appena detto, sia perché mi stavo rendendo conto che avevano scelto la pizzeria per opportunismo. Capite cosa intendo? Speravano che in pubblico avrei inghiottito il rospo senza fare scenate. Non volevano che protestassi. Non volevano che mi lamentassi. Non volevano, per dirla tutta, dover fronteggiare il mio dolore, una cosa che capii in seguito, quando mi ritrovai in un gruppo di ragazzi più sfigati di me. E infatti non protestai come certamente avrei fatto a casa. Davanti ai clienti, a Adil e a Moustafà, quella sera riuscii anche a trattenere le lacrime.

L'unica cosa che riuscii a mormorare uscendo dalla Mora fu: «Non siamo più un bel triangolo». Papà finse di non sentire. Gli occhi di mamma invece si gonfiarono di lacrime.

«Non c'è un'età ideale perché tu riesca ad accettare la separazione dei tuoi genitori come un fatto normale» avrebbe commentato Barbara, ma certamente non lo è a dieci anni, un mese, tre settimane e quattro giorni.

Dopo quella volta, per molto tempo, non riuscii più ad accostarmi a una pizza. Né a quelle tonde né a quelle al taglio. Al solo pensiero una nausea acida mi invadeva lo stomaco e l'esofago, per risalire su fino alla gola. E ancora di più mi succedeva quando, passando accanto a una pizzeria, l'odore della pizza andava a solleticarmi le narici.

Eppure, sino ad allora, la pizza era stato il mio piatto preferito.

Incubi

Prima di quella sera, il buio non mi aveva mai dato fastidio né fatto paura, e men che meno mi avevano fatto paura la mia camera da letto e i miei giocattoli, giorno o notte che fosse. Siccome non sono mai stata una bambina distruttiva, i giocattoli erano tutti in ottime condizioni, anche quelli dei due e tre anni, e lo sono ancora adesso. Mi hanno sempre fatto compagnia, ognuno con il suo carattere, con i suoi movimenti tipici e la sua voce. La voce, i movimenti e il carattere che io gli avevo attribuito. Ovvio.

Un merito che riconosco ai miei genitori è di non aver mai buttato via un mio giocattolo senza chiedermi il permesso.

Quella notte decisi di mettermi a letto come se nulla fosse accaduto. Cercavo di dimenticare ciò che era successo in pizzeria. Se non ci avessi pensato, mi dicevo, se il buio della notte avesse inghiottito quella serata, la mattina seguente, al risveglio, tutto sarebbe ritornato come prima. Mamma, papà e io insieme. Il nostro triangolo felice. Come sempre. Come fino all'età di dieci anni, un mese, tre settimane e tre giorni. Così mi imposi di non pensare ai discorsi di quella sera. Mi spogliai. Indossai il pigiama a fiori gialli. Mi lavai i denti. Spensi la luce e mi infilai tra le lenzuola.

Mi addormentai quasi subito.

I giocattoli erano sempre stati miei amici. Quando mi capitava di svegliarmi per un brutto sogno, la loro presenza mi rassicurava. Riuscivo a vederli anche nel buio. Il pinocchio di legno, col cappellino rosso, seduto in alto sulla libreria. Le bambole Lia e Marta su una mensola più in basso. Bimba, l'orsa grigia di peluche, accoccolata ai piedi del letto. La tartaruga Kio rannicchiata sul tavolo accanto al coniglio, al drago fosforescente e allo scimpanzé. Dietro la tenda, accanto alla finestra, le automobiline, il garage e la scatola dei Lego.

Non avrei mai immaginato che quelle creature da me così amate potessero rivoltarmisi contro. E invece fu proprio ciò che accadde quella notte. Si imbizzarrirono tutte quante e intorno alle tre del mattino me le ritrovai sul letto, urlanti e cattive. Chi mi tirava i capelli, chi si infilava tra le lenzuola, chi mi faceva il solletico sotto i piedi, chi mi tirava il naso, chi mi faceva venire la pelle d'oca fischiandomi nelle orecchie. Il mio cuore andava a mille. Per quanti sforzi facessi non riuscivo però a svegliarmi, ad alzarmi e a liberarmi da quelle furie scatenate.

Nel sogno avrei voluto correre da mamma e papà, infilarmi nel lettone tra loro due, e invece una sensazione di impotenza mi teneva inchiodata al letto, che si era messo a sobbalzare come al centro di un terremoto. Volevo liberarmi delle lenzuola ma ogni tentativo era inutile, perché più cercavo di allontanarle più si attorcigliavano come serpenti infuriati intorno alle gambe e alle caviglie. Ero immobilizzata, mentre tutto intorno i giocattoli mi facevano gli sberleffi, urlavano che ero cattiva e... abbandonata.

«È colpa tua se i tuoi genitori si separano» gridava Bimba saltandomi sulla pancia.

«Hai disobbedito tante volte». «Li hai fatti arrabbiare». «Non ti sopportano più» furono altre voci non meglio identificate.

«Non è vero! Non è vero! Non so perché si separano! Sono affari loro!»

«Non sei riuscita a tenerli insieme!» urlava stridula Kio mentre cercava di infilare la sua testa in una delle mie orecchie.

«Finirai nella pancia della balena» mi gridò Pinocchio a cavallo di un falco che scendeva in picchiata sul mio letto.

Io cercavo di respingerli ma loro mi saltavano addosso. Saltavano e volavano. Volavano e saltavano. A un certo punto tutti insieme incominciarono a ronzarmi sopra la testa, trasformandosi in enormi cavallette con delle lunghe antenne. Fu allora che lanciai un urlo acutissimo: «Via, via, bestiacce!»

L'urlo svegliò me e anche la mamma. Come azionata da una molla balzai dal letto. E mentre lei accorreva nel corridoio in mio soccorso, io correvo nella direzione opposta, alla volta del bagno. Nel buio ci scontrammo. Scivolammo entrambe e cademmo in terra.

«Che sta succedendo?» urlò lei in preda allo spavento.

Non risposi. Mi rialzai e mi precipitai in bagno. Alzai

la tavoletta del water, mi inginocchiai e ci vomitai dentro quella mezza pizza che avevo ingurgitato cinque ore prima. Mamma, che dopo essersi rialzata mi aveva raggiunta, mi sorresse la fronte con le mani per evitare che la mia testa finisse ciondolante nella tazza.

«Piccola mia» disse abbracciandomi, «mi dispiace, non sai quanto».

Sedute tutte e due sulle mattonelle azzurre, tra il water e il bidet, lasciai che mi dondolasse nel suo caldo abbraccio.

«La pizza era avariata» minimizzai.

«Ma che dici, l'hanno fatta sotto i nostri occhi...»

«Può sempre capitare» farfugliai.

Dopo avermi lavato il viso mi portò con sé nel lettone, dove presi atto che papà non c'era. Evitai le domande e mi sistemai nel lato libero.

Mamma mi tenne stretta accanto a sé e questo mi conciliò il sonno, ma di lì a poco feci un secondo incubo peggiore del primo. Sognai che ero nella vasca del nostro bagno, circondata da squali famelici. L'acqua era scura e agitata. Papà, appoggiato alla parete, fumava e sorrideva in modo enigmatico. Notai che indossava una camicia ben stirata ma che non aveva i pantaloni. Era in mutande. Gli chiesi di aiutarmi a uscire dalla vasca. Lui, invece, per nulla turbato, continuò a fumare, lasciando che gli squali mi girassero intorno.

«Fabri, devo andare via... fai la brava» disse poi con tono indifferente, e nell'andarsene mi mise tra le mani un grosso cacciavite, come quelli che usava lui in officina. «Con questo puoi difenderti se gli squali ti danno fastidio». Il cacciavite però mi scivolò subito dalle mani e sparì nell'acqua torbida.

«Non andartene!» gridai, e un attimo prima di svegliarmi vidi la mia testa esplodere tra le fauci di uno squalo, come in un film dell'orrore.

Non avevo mai fatto sogni del genere. Svegliandomi portai le mani alla testa, per sincerarmi che fosse ancora al suo posto. Sentii lo stomaco attorcigliarsi nella morsa della paura, ma ormai non c'era più nulla dentro da poter vomitare.

Dopo la serata della pizza divenni inappetente, cioè non mi andava più di mangiare, e mamma cominciò a temere che potessi diventare anoressica come la figlia di una sua amica, separata anche lei dal marito. Non ci volevo proprio andare dalla psicologa, in fondo erano loro che si erano separati, non io, ma alla fine, siccome mamma insisteva molto, acconsentii, sia pure malvolentieri.

Fu il mio primo incontro con Barbara, una giovane psicologa dal sorriso aperto e dai modi gentili. Indossava jeans, t-shirt e tacchi a spillo. Era tondetta e di media statura. I capelli morbidi che le scendevano sulle spalle erano di un bel biondo castano.

Dopo aver parlato del più e del meno – scuola, amici, genitori, hobby – Barbara mi chiese di raccontarle dei sogni. Mi ricordavo perfettamente quei due incubi e non ebbi difficoltà a raccontarglieli. Lei ascoltò con attenzione, prese qualche appunto e poi diede delle spiegazioni di cui compresi qualcosa, ma non tutto.

«I giocattoli» disse, «sono gli oggetti buoni che si trasformano in cattivi perché riflettono la tua angoscia. Il sogno in bagno con gli squali è chiarissimo, ti sei sentita assediata da forze maligne a casa tua. Poi però non li hai più sognati, è così?»

Feci no con la testa.

«Bene. Questo è un buon segno».

Io però volevo saperne di più, visto che mamma aveva voluto portarmi da una specialista, così alla mia domanda precisa sul perché papà fosse in mutande lei rispose: «È la sensazione che hai avuto quella sera, che andandosene lasciasse la famiglia in mutande, cioè senza protezione». E il cacciavite? «È l'Edipo, mia cara, l'Edipo... è il tuo amore per lui» era stata la risposta sibillina, che però avevo già sentito da qualche parte, credo nella serie TV *Famiglie in crisi* che mamma guardava in quel periodo. Non mi diedi per vinta e insistetti: «D'accordo, l'Edipo. Ma perché il cacciavite mi scivola dalle mani e scompare nell'acqua torbida?»

«È la tua sensazione della fine di un rapporto molto stretto con papà, e tutto sommato non è poi così negativo» fu la seconda risposta sibillina. «Vuol dire che stai crescendo... che ce la puoi fare da sola».

Nonostante tutto quello che era successo, non avevo pensato, sino ad allora, alla 'fine di un rapporto molto stretto con papà' né che ce la potessi fare da sola. Ma perché me lo dice, mi chiesi, e mi venne da piangere.

«E la testa che esplode?»

«È la confusione, il caos...»

«Il caos?»

«C'è stata un'esplosione nella tua vita, bisognerà rimettere ordine».

Avrei voluto chiederle dell'altro, per esempio perché papà in quel sogno non aveva fatto nulla, ma proprio nulla, per liberarmi dagli squali, ma ebbi timore che potesse dirmi cose su di me o su papà che non mi sarebbe piaciuto ascoltare. Così rinunciai.

Accettai invece di raccontarle che cosa vedevo in una serie di macchie di inchiostro su dei cartoncini che mi mostrò rapidamente, uno dopo l'altro. «Non devi stare a pensare. Dimmi la prima cosa che ti viene in mente». Terminato il test, che avevo già visto in un film, la psicologa fece entrare la mamma, che attendeva ansiosa in sala d'aspetto.

«Fabrizia deve incassare il colpo, c'è un problema di assestamento, ma è normale date le circostanze» spiegò Barbara in tono rassicurante. «Non deve preoccuparsi, Fabrizia non diventerà anoressica come la figlia della sua amica. Non è vero, Fabrizia?» disse rivolgendosi a me e poi, sorridendo, aggiunse: «Devi soltanto sforzarti di mangiare».

«Anche quando non mi va... per nulla per nulla?»

«Anche quando non ti va per nulla per nulla» confermò strizzandomi un occhio in segno di intesa. «Ascoltami bene». Avvicinò la sua sedia alla mia e mi prese le mani tra le sue. «Non devi ascoltare la testa, ma lo stomaco. Alla tua età lo stomaco ha una gran fame. Stai crescendo e il tuo corpo è come un treno in corsa, ha bisogno di carburante. La testa però può frenare anche un treno in corsa». Sorrise di nuovo. Poi aggiunse una frase che mi è rimasta impressa: «Le bambine che rifiutano il cibo pensano troppo».

Lo disse in modo convincente e io pensai che doveva essere vero.

«Lo stomaco vuole mangiare» balbettai, «ma mi viene il groppo in gola perché papà... io e mamma mangiamo da sole, mezzogiorno e sera... lui invece chissà con chi mangia... con chi chiacchiera, mentre noi restiamo zitte... e quando vado a letto non mi dà più il bacio della buona notte». Avevo gli occhi gonfi, ma ero riuscita a trattenere le lacrime.

Prima di riprendere il discorso Barbara mi guardò in silenzio. Sentii la pressione delle sue dita sulla mia mano. Stava cercando le parole adatte. «È normale, Fabrizia... la testa esplode... è così che succede nei primi tempi».

Una lacrima, una sola, mi sfuggì da un occhio, scivolò lungo il naso fino al labbro superiore. La raccolsi con la lingua. Sapeva di sale.

«Ti abituerai» disse premendo affettuosamente le sue mani grassottelle sulle mie.

Tirai su col naso.

«Certo che ti abituerai» le fece eco la mamma porgendomi un kleenex che però non presi. «Così come si sono abituati Claudio e Tullio, quando zia e zio si sono separati».

«A Claudio sono venuti i tic nervosi, deglutisce senza motivo e si tocca in continuazione il sopracciglio sinistro, tant'è che gli è quasi scomparso del tutto, appena cresce un pelo lui con le unghie lo strappa» avevo ribattuto, «e per quanto riguarda Tullio, è diventato scorbutico dopo che zia ha portato a casa il fidanzato».

Per tutta risposta mamma, come suo solito, si era abbandonata a un lungo melanconico sospiro, e poiché anche i suoi occhi si stavano riempiendo di lacrime, decisi di non insistere.

La notte della pizza presi l'abitudine, che durò un bel po' di tempo anche se non so di preciso quanto, di non spegnere più la luce quando andavo a dormire e di assegnare un posto fisso per la notte a tutti i giocattoli, nessuno escluso, con la faccia rivolta al muro. «Mi dispiace, cari» spiegai loro la prima volta, «ma *devo* farlo. Siamo sempre stati amici, ma voi avete fatto un casino tremendo che non deve più ripetersi».

A quel tempo parlavo con gli oggetti ad alta voce e qualche volta mi capita ancora, anche se tra poco meno di un anno sarò maggiorenne.

Capitava, quando mi svegliavo per un brutto sogno – e i brutti sogni da quando papà non era più con noi erano all'ordine del giorno… anzi della notte – che sgattaiolassi intimorita nella stanza di mamma e mi infilassi nel lettone, cercando di non svegliarla.

«Una reazione normale, date le circostanze» aveva sentenziato Barbara bonariamente, mentre con un dito si attorcigliava una ciocca di capelli. «Preoccupante solo se dovesse durare a lungo». Quanto a lungo dovesse durare però non lo disse.

Per quanto riguarda il cibo, invece, sapevo già in partenza che l'anoressia non era un mio problema. Non ci tenevo a essere magra, non mi ero mai preoccupata della linea, non volevo assomigliare a un'acciuga e non ero nemmeno arrabbiata con la mamma, come invece avevo letto su internet inserendo la parola anoressia su Google. Non era questo il punto.

Quando mi sedevo a tavola, però, io e lei in cucina una di fronte all'altra, non più nel soggiorno come quando eravamo ancora 'un bel triangolo', mi veniva il magone e mi passava la voglia di mangiare. A lei non lo dicevo. Era già triste per conto suo e non volevo che lo fosse ancora di più per colpa mia.

Adesso so che ai figli dei separati come me capita spesso di sentirsi in colpa per situazioni che non dipendono da loro: transfer interpersonale *lo definì una volta Barbara, quando facevo ormai parte del suo gruppo terapeutico, un termine tecnico di cui ancora non ho ben chiaro il significato.*

Un altro effetto collaterale della separazione dei miei genitori fu che interruppi le lezioni di violino. Di punto in bianco. Suonavo da tre anni in una scuola di musica e al quarto avrei incominciato a esercitarmi sulla terza corda. Assorbiti dai loro problemi, papà e mamma si dimenticarono di iscrivermi all'inizio del mese di giugno, come avevano sempre fatto nei tre anni precedenti, e quando me ne accorsi, all'inizio di settembre, il mio posto era già stato occupato da qualcun altro. Mi dispiacque ma non ne feci un dramma, perché rispetto alla separazione dei miei allora mi sembrava una sciocchezza.

La famiglia di papà

Gli adulti non dicono sempre la verità, anche quando ti assicurano di essere sinceri. Sanno che ti stanno raccontando delle balle, ma vanno avanti lo stesso.

Per esempio quando si separano: nel mio caso papà e mamma snocciolarono tutta una serie di frasi rassicuranti: «Non ti preoccupare, non cambierà nulla», «D'ora in avanti abiterò in via Pinco Pallino, ma staremo sempre insieme», «Amore mio, continuerai a essere al centro dei miei pensieri», «La vita non cambia», «I matrimoni non durano più come al tempo dei nonni», «Le separazioni oggi sono eventi normali», e poi la bugia più grossa di tutte: «Continueremo a essere una famiglia».

Bum! Bum! Bum!

E invece cambia tutto, da quanto ti svegli la mattina a quando vai a dormire la sera e persino durante la notte. Loro si trincerano dietro a quelle frasi fatte e non ti spiegano i veri motivi.

«Lo fanno per proteggerti» mi spiegò Barbara porgendomi una caramella al miele.

Forse. Non so. Secondo me avevano paura che potessi arrabbiarmi, protestare, fare un sacco di domande a cui non volevano rispondere. Oppure non sapevano come spiegarmi quello che stava succedendo.

Infatti il vero motivo della separazione era una donna di cui papà si era infatuato (dal suo punto di vista 'innamorato'), ma non ebbe il coraggio di dirmelo. Preferì sorvolare. Anche mamma decise di non dirmi nulla di preciso, non perché non sapesse chi era la donna che ci aveva sconvolto la vita, ma perché Gina era stata la sua migliore amica.

Proprio così, la sua migliore amica. Non so se mi spiego. E io la conoscevo da sempre. Dalla nascita. Così come da sempre conoscevo i suoi due figli, Piera e Massimo. Scoprii la verità soltanto quando andai per la prima volta nel nuovo appartamento di papà, un mese e diciassette giorni dopo la famosa serata alla Mora.

Papà non sapeva che sarei passata a trovarlo, quel giorno. Non ci eravamo dati appuntamento. Io però avevo l'indirizzo e lui mi aveva assicurato che potevamo vederci in qualsiasi momento, «a casa come in officina».

Così un pomeriggio, di ritorno dal corso di nuoto, pensai di fargli un'improvvisata. Se è in casa bene, altrimenti non importa, pensai, passerò un'altra volta. Sapevo che l'appartamento era al terzo piano, salii le scale e suonai. Era l'unica porta senza targa, quindi non poteva che essere la sua, quella di una casa ancora in allestimento.

Solo che ad aprire non arrivò papà, ma Gina.

«Fabrizia carra!» mi disse accentuando la *r*, «che gioia vederti! Hai fatto bene a venire a trovarci, papà è ancora al lavoro, ma tu entra, vieni avanti, vieni cara». Poi, alzando un po' il tono della voce, chiamò i suoi figli: «Massimo, Piera, indovinate chi è venuta a trovarci».

I due comparvero in fondo al corridoio e si avvicinarono di malavoglia, strisciando i piedi.

«Ciao Fabri».

«Ciao Fabri».

Lì per lì non capii cosa stesse succedendo, tanto mi sembrava irreale il quadretto che avevo di fronte. Che ci facevano quei tre nella casa del *mio* papà?

Dando un'occhiata intorno, notai che l'appartamento era sottosopra. C'erano valigie e quadri sul pavimento, una scala a pioli in bilico accanto alla porta d'ingresso, due tappeti arrotolati contro il muro, una cassapanca nel bel mezzo del corridoio con un lampadario appoggiato sopra, e poi pile di lenzuola, abiti e scarpe sparsi un po' dappertutto.

Stanno traslocando, pensai. Si stanno installando nel nuovo appartamento di papà.

Una fitta acutissima al cuore mi confermò che papà aveva lasciato mamma per mettersi con Gina. Non so come, mi ritrovai piegata in due, in preda a un accesso di tosse.

Gina mi abbracciò con finta sollecitudine, ma io le diedi una spinta così violenta che se Piera non l'avesse sorretta da dietro sarebbe caduta lunga distesa nel corridoio.

In un attimo capii quello che fino ad allora i miei genitori non erano riusciti a dirmi e il passato mi si presentò di colpo sotto una luce completamente nuova.

Gina e la mamma erano cresciute nello stesso quartiere. Insieme avevano trascorso l'infanzia e l'adolescenza.

Insieme avevano frequentato l'istituto magistrale, che adesso si chiama liceo delle scienze umane ma è la stessa cosa. Erano talmente amiche che avevano sempre cercato di stare nello stesso banco, anno dopo anno. All'uscita da scuola erano inseparabili. Amiche del cuore. Un legame molto stretto. Si erano anche sposate quasi contemporaneamente. Mamma era rimasta a Roma, Gina invece aveva seguito il marito in Maremma, stabilendosi con lui in un antico casale circondato da centinaia di ulivi e da filari di viti a perdita d'occhio. Alfonso era un produttore di olio e di vino. Non lavorava nei campi ma si occupava di amministrare la grande proprietà che aveva ereditato dal padre, dal nonno, dal bisnonno e dal trisnonno, tutti quanti appartenenti a un'antica casata toscana.

Assorbita dalla vita in campagna e dalla nascita dei figli, Gina non aveva cercato di insegnare come aveva fatto la mamma che, concorso dopo concorso, alla fine era riuscita a ottenere un posto non lontano da casa.

Le due amiche avevano continuato a vedersi spesso, a Roma o in Maremma. Io accompagnavo la mamma in quei viaggi e quindi conoscevo bene quel grande casale, silenzioso, circondato dal verde. Quando Gina veniva a Roma passavano interi pomeriggi, loro due insieme, a fare shopping in centro.

Negli ultimi tempi Gina arrivava a Roma alla guida del suo Pajero, un SUV color verde bottiglia di cui era molto fiera. Dopo un anno però quel macchinone aveva cominciato a darle dei problemi. Quando superava i novanta si sentivano dei colpi 'in testa' che i meccanici della Maremma non riuscivano a eliminare. Papà invece era un mago per quel genere di cose. Come un chirurgo esperto palpa il suo paziente e capisce il problema prima di mettere mano al bisturi, lui solo ascoltando quel rumore aveva capito di che cosa si trattava.

«C'è un pezzo difettoso negli ingranaggi dell'acceleratore che va cambiato» aveva sentenziato prima ancora di andare a verificare. Poi aveva ordinato il pezzo alla fabbrica e lo aveva sostituito. Per sicurezza, e per gentilezza nei confronti dell'amica della mamma, aveva voluto fare lui, direttamente, quel delicato intervento. Però aveva dovuto smontare il motore, un lavoro che aveva richiesto un'intera giornata. Non era necessario, ma Gina quel giorno aveva fatto la spola tra casa nostra e l'officina. Tra mamma e papà.

«Hai un marito molto simpatico! Ecco perché me lo hai sempre tenuto nascosto!» aveva esclamato, entusiasta, nel salutare la mamma mentre risaliva sul SUV finalmente riparato.

Mamma, ignara e lusingata che Gina apprezzasse papà, si era schermita: «Ha sempre molto da fare. È dedito al suo lavoro, che gli dà molte soddisfazioni. L'officina è la sua seconda casa».

«Ha le mani d'oro! È il re della meccanica! Ha inquadrato immediatamente il problema! Alfonso, invece, si intende solo di trattori». Mamma, ingenua e affezionata com'era alla sua amica, non si era accorta dei nuvoloni neri, anzi nerissimi, che si stavano addensando sopra la sua testa.

Dopo quella prima volta Gina, quando veniva a Roma

per incontrare la mamma, aveva trovato sempre nuovi motivi per fare capolino in officina: revisione dei freni, controllo delle gomme, sistemazione dei tergicristalli, un graffio sulla carrozzeria… e ogni volta, guarda caso, sfoggiava un abito nuovo. E se all'inizio lo dichiarava («Devo fare un salto in officina, dal tuo meraviglioso marito!»), in seguito passava da papà senza dire più nulla alla mamma.

Insomma, per farla breve tra lei e papà era capitato quello che non sarebbe mai dovuto capitare.

Per la mamma fu un colpo basso. Un colpo duro. Di quelli che non ti aspetti proprio dall'amica del cuore. Un duplice tradimento! Dicono che è una cosa che succede. Può darsi. C'è di mezzo il sesso, che è una cosa forte. Non pensi, però, che possa accadere a te.

Dopo avermi messo di fronte al fatto compiuto, sia papà che mamma cominciarono a ripetere che dovevo accettare la realtà, che anche se ero dispiaciuta dovevo essere gentile con Gina, Piera e Massimo.

«È così che va il mondo e devi fartene una ragione» mi disse una volta papà, «è inutile stare a rimuginare».

«È stata una batosta per me e per te, ma farsi la guerra non serve, ne usciremmo a pezzi» furono più o meno le parole di mamma.

In presenza di Gina io però mi sentivo bloccata. Non riuscivo né a parlarle né a salutarla. Lei si avvicinava. Io mi allontanavo. Lei cercava il mio sguardo, io lo distoglievo. Lei mi salutava con entusiasmo, io non le rispondevo. Era come se una stregoneria mi tenesse chiusa in me stessa.

Solo che in realtà io *volevo* chiudermi in me stessa. Lo volevo con tutte le mie forze. Come potevo fidarmi di Gina, dopo quello che ci aveva fatto? E così, per spingermi a cambiare atteggiamento e per fare lo spiritoso, mio padre incominciò a chiamarmi 'il sasso'. Proprio così. Lo diceva in presenza di Piera e di Massimo, suscitando in loro dei sorrisetti antipatici.

Forse pensava, provocandomi, di costringermi a parlare, a essere gentile con quelli che da sempre erano stati miei amici e che ormai erano i suoi conviventi. Io mi sforzavo, ma non ci riuscivo. I miei sentimenti in loro presenza si disperdevano nell'aria come gas evanescenti. Povero papà, ottenne l'effetto contrario.

A forza di sentirmi chiamare 'il sasso' mi convinsi che non c'era nulla di strano o di vergognoso nell'essere di pietra. In fondo, pensavo, la pietra è una forma di esistenza come un'altra. A un certo punto mi sentii orgogliosa di essere considerata un minerale, come orgoglioso può sentirsi un soldato che, ferito in battaglia, decide comunque di non indietreggiare.

Prima della separazione io e papà eravamo amici. Quando tornava a casa, dopo il lavoro, giocavamo e scherzavamo insieme. Mi aiutava nei compiti. Allora non ero di pietra. Lui mi raccontava della sua giornata in officina, io gli parlavo dei miei amici. Delle feste cui ero invitata. Dei progressi che facevo nel nuoto e nel violino. «Da grande verrò in officina» ripetevo. Lui rideva e mi chiamava la sua principessa.

Quando avevo nove anni, a Natale, era arrivata la 'bicicletta grande' che avevo tanto desiderato, e da allora avevamo preso l'abitudine di pedalare insieme, il sabato pomeriggio, sulla pista che costeggia il Tevere verso nord. Filavamo appaiati tra oleandri, canne di bambù e ciclisti dalle tute colorate. Sentivo i polmoni dilatarsi e il cuore accelerare. Ero felice. Felice di pedalare. Felice per l'aria che mi accarezzava il viso e mi scompigliava i capelli.

Quella consuetudine finì bruscamente, da un giorno all'altro. Nella nuova vita, appesantita da una nuova famiglia, era tutto diverso. Lui si sforzava di essermi ancora amico, di farmi da padre premuroso, ma non ci riusciva. Di punto in bianco un muro invisibile ci separò e nulla fu più come un tempo.

Prima della separazione papà era mio, ormai invece era di Gina. Una bella differenza! Dovevo condividerlo con lei e con i suoi due figli. Incredibile! La stanza in cui dormivo quando andavo a trovarlo era la stanza di Piera. C'erano tutte le cose di Piera, i vestiti di Piera, i suoi poster alle pareti. E poi c'era un odore molto diverso da quello della mia stanza, che impregnava tutto l'arredo.

Di tanto in tanto Piera e Massimo tornavano in Maremma per qualche giorno dal padre, ma la maggior parte del tempo la trascorrevano a Roma, con il mio papà.

Papà, che mi vedeva scontrosa, ripeteva: «Devi adattarti sassolino mio», «Tutto cambia», «Non fare la bambina». E come se non bastasse, aggiungeva «Volevi dei fratelli? Eccoti accontentata, ora hai un fratello e una sorella nuovi di zecca!» Che cosa volesse dire con 'nuovi di zecca' non l'ho mai capito. So però che quando parlava in quel modo mi venivano delle chiazze rosse sul collo.

Pretese che il sabato pomeriggio venisse anche Massimo a pedalare con noi. Ci andai una volta, due, e poi mai più. Loro affiancati. Io dietro. Loro che parlavano di calcio. Io muta. Ma il punto di non ritorno fu quando papà iniziò a parlare con Massimo in romanesco, come faceva con i suoi dipendenti. Un tono confidenziale da cui io ero esclusa.

Passai in secondo piano perché non ero un maschio. Il che mi rendeva furiosa.

Massimo ha due anni più di me. Non voglio dire che sia un ragazzo cattivo o un rompiscatole. Non è nessuna di queste cose. Massimo è un ragazzo come tanti altri. Senza infamia e senza lode. Non è particolarmente bello, né particolarmente spiritoso. Ma a parte questo non posso rimproverargli nulla. A volte mi faceva quasi pena perché lo vedevo frastornato dalla separazione dei suoi genitori, anche se, a differenza della sottoscritta, non ne faceva parola con nessuno.

Non me la prendo con Massimo, dico soltanto che a un certo punto lui, senza volerlo o veramente desiderarlo, prese il mio posto nel cuore e nella mente del *mio* papà. Anche lui, come me, sentiva la mancanza di suo padre, e vedersi considerato dal mio era una specie di rivincita, oltre che una consolazione. Papà non perdeva occasione per parlargli di calcio, portarlo con sé in officina, comprargli qualcosa di nuovo, oliargli il cambio della bici per la gita sul Tevere.

La realtà pura e semplice è questa, anche se papà, Gina e persino la mamma non l'ammetterebbero mai.

«Loro si rifiutano di vedere l'invisibile per non dover

ammettere l'inammissibile». Questa frase, sibillina ma non incomprensibile, viene dalla mia amica Gianna, che ho conosciuto più tardi al gruppo terapeutico. Gianna era stata al centro di un brutto episodio di bullismo e aveva imparato a riflettere a fondo sugli aspetti della vita più difficili da accettare.

L'invisibile inammissibile nel mio caso è che papà si era ritrovato, senza averlo cercato, quel figlio maschio che a casa nostra non era mai arrivato e che lui invece, sotto sotto, aveva sempre desiderato.

Parlandone col gruppo e con Barbara ho anche capito che in Massimo papà vedeva un altro se stesso da plasmare e da far crescere, meglio di quanto lui non fosse stato plasmato e cresciuto da suo padre.

Ma che cosa ne sarebbe stato di me? Chi mi avrebbe cresciuta? Mi chiedevo se si potesse crescere senza un padre.

Avevo undici anni, sette mesi e due giorni quando smisi di andare in bici con papà.

Non tutto andava storto, però. A scuola avevo dei bravi insegnanti e con i compagni di classe andavo d'accordo. Due erano le cose che mi davano soddisfazione in quel periodo: immergermi in videogiochi sempre più complicati ed eccitanti e chiacchierare con le mie compagne, mentre andavo a scuola o tornavo a casa dopo le lezioni.

Con i videogiochi affrontavo continue sfide ed entravo in mondi fantastici. Perdevo la nozione del tempo e quando riemergevo mi sembrava di essere un'altra persona, pronta a nuove avventure.

I tragitti casa-scuola-casa, poi, erano i momenti più

belli della giornata: le risate, le conversazioni, le battute e gli scherzi con le amiche erano delle pause felici in quella fase di turbolenza familiare.

«Talvolta la vita presenta dei passaggi difficili, come un mare agitato, ma se hai degli spazi tuoi per rigenerarti, e dei rapporti armoniosi con alcuni amici, non solo non affondi ma riesci a mantenere la rotta». Così mi aveva detto Barbara nel congedarmi, al termine del nostro primo incontro. Una frase che avevo subito trascritto sul mio bloc-notes, tanto mi era piaciuta.

La casa nuova

Avevo quattordici anni, tre mesi e una settimana quando mamma insistette perché andassimo insieme a passeggiare a Villa Ada.

Quando ero piccola ci andavamo spesso insieme, però frequentavamo soprattutto la zona giochi per i bambini. Crescendo ci ero andata a pattinare con le amiche, oppure a prendere qualcosa al bar, ma era molto tempo che non ci tornavo con la mamma.

«Perché proprio oggi?» le chiesi. «Che cosa ci andiamo a fare?»

«Ti voglio presentare una persona che conosco da tempo. Per un po' ci siamo persi di vista, ma ora ci siamo ritrovati. Eravamo insieme alle medie, poi abbiamo fatto studi diversi. Ci siamo rivisti casualmente, un giorno, per strada, mentre ritiravamo dei soldi allo sportello di una banca, e così abbiamo ripreso i contatti. Ci aspetta al bar».

«Donna o uomo?»

«Uomo. Uomo. Ho detto rivisti non riviste...»

«Hai rivisto un uomo che ci aspetta al bar...» borbottai. In quel momento non avevo nessuna voglia di incontrare uno sconosciuto, sia pure amico della mamma. Per le presentazioni non ero abbastanza disinvolta. Avrei dovuto essere gentile, sorridere e porgere educatamente la mano, e nessuna di queste cose mi allettava particolarmente.

«È il responsabile delle vendite in una grossa azienda. È un ingegnere. Ti piacerà».

Non ci voleva certo un genio per capire dove voleva andare a parare. Io, poi, dopo che papà se ne era andato di casa per mettersi con Gina e la sua progenie, ero diventata esperta in questioni del genere: non avevo più bisogno di spiegazioni, le annusavo come una volpe fiuta i pollai a chilometri di distanza. Non volevo però dargliela vinta e con tono noncurante chiesi: «E perché mi dovrebbe piacere?»

«Così... perché è una persona a modo... gentile».

«A te piace?»

«Direi di sì, certo... altrimenti non te lo farei conoscere». Avvertii nella sua voce una nota di incertezza.

«Lo vedi spesso?»

«Di tanto in tanto».

«E perché vi vedete?»

«Perché... perché quando ti trovi bene con una persona ti va di incontrarla. Tu che dici?» mi apostrofò polemica.

«Ma tu lo incontri soltanto a Villa Ada o lo incontri anche a casa?»

«Ma cosa c'entra... che cos'è, mi stai facendo il terzo grado?»

«È il tuo fidanzato?» continuai implacabile.

«No, non direi... non userei quel termine». Dal modo in cui scosse i capelli capii che era in imbarazzo.

«Ma lo potrebbe diventare… dimmelo, se è così».

«Buona, Fabrizia! Non mettiamo il carro davanti ai buoi».

Intanto, camminando fianco a fianco, eravamo arrivate al bar. Seduto a uno dei tavolini, rilassato, con le gambe divaricate, c'era lui, Ugo. Stava fumando, e attraverso le volute che soffiava dalla bocca e dal naso ci guardava avanzare.

Quando fummo a pochi passi si alzò per accoglierci, buttò in terra la sigaretta e la calpestò. Non avrebbe dovuto farlo. Detestavo quel gesto. In più, quell'anno la mia classe era stata inserita in un progetto di educazione civica, e la pulizia del suolo pubblico era uno dei punti su cui avevamo discusso di più, tra compagni. Non solo, ci eravamo anche impegnati in turni di pulizia nei parchi, con tanto di scope e rastrelli.

«Ecco Ugo» disse mamma sospingendomi in avanti con una lieve pressione al centro della schiena.

Che nome insignificante, pensai.

Lui mi porse la mano. Loro invece si salutarono con un abbraccio.

Siamo già all'abbraccio, pensai.

Ugo sistemò altre due sedie accanto al tavolino.

«Tu sei Fabrizia, immagino» disse sorridendo con la bocca, ma non con gli occhi. «La tua mamma mi ha parlato di te».

Annuii e scioccamente arrossii. Che bisogno c'è di arrossire, pensai. Mi sarei presa a schiaffi da sola.

«Io e la tua mamma ci conosciamo dagli anni delle medie» proseguì Ugo mentre si accendeva una nuova sigaretta. «Era molto brava a scuola, la prima della classe direi».

«Be', proprio la prima...» si schermì lei.

«Sì, sì la prima, senza ombra di dubbio! E tu le assomigli? Anche tu sei brava a scuola?» Poi dalla sua bocca uscì lentamente una prima voluta di fumo.

Non risposi. Quel gesto ostentato mi dava fastidio.

Si scambiarono un'occhiata, poi mamma intervenne, cercando di tenere viva la conversazione: «Le ho raccontato di come ci siamo incontrati dopo tanto tempo».

Ugo inclinò il capo all'indietro ed espirò il fumo dalle narici. Non sapevano come procedere e io non li aiutavo.

«Be'? Qualcosa da bere?»

«Grazie, un té freddo per me» disse mamma.

«Tu, Fabrizia, che cosa prendi?»

Scossi la testa in segno di diniego.

«Un succo di frutta?» chiese la mamma.

Per tutta risposta arrossii violentemente un'altra volta. Mi odiai per quella reazione che non riuscivo a controllare. *Chissà che cosa pensa*, mi dissi. Ma subito dopo: *pensi quello che vuole, non me ne importa nulla*.

Senza che me ne rendessi conto, una lacrima mi scivolò tra il naso e la guancia, e nel sentirla scendere capii il motivo della mia reazione: quell'uomo (non brutto, dovevo ammettere, sicuro di sé ed elegante, forse benestante o addirittura ricco) stava per diventare una presenza abituale nella mia vita, stava per sostituirsi al mio papà, stava per condividere il letto della mamma, stava per fare sesso con lei (ecco il motivo del mio rossore), e avrebbe riempito la nostra casa di fumo.

Se mamma si metteva con quell'uomo, la separazione da papà sarebbe stata definitiva. Irreversibile. Inappellabile. Sino ad allora avevo sperato che papà si stufasse della nuova famiglia e si decidesse a rispedire Gina e i suoi figli in Maremma.

Rimuginavo sulla possibilità che mamma e papà si rimettessero insieme quasi ogni sera. Bisogna dargli tempo, mi dicevo, e fantasticavo su come si sarebbero ritrovati.

Immaginavo copioni diversi da mettere in scena. Il mio preferito era questo: papà suona alla porta, io corro ad aprire. «Chi è?» chiede mamma dal soggiorno. «È papà» rispondo io. Lei arriva in corridoio. Lui è sulla soglia. Esita a entrare. Mamma lo vede. Sembra non crederci. Lui fa due passi verso di lei. Mamma si lancia nelle sue braccia. Si baciano come due attori di Hollywood.

Un'altra possibilità su cui mi piaceva fantasticare era quella dell'incontro al supermercato: io e la mamma ci aggiriamo tra gli scaffali. Davanti a noi, nel settore dei biscotti, un uomo prende una confezione, ci ripensa e la rimette a posto. Avanza di qualche passo, poi torna indietro. In quel preciso momento mamma allunga il braccio per prendere la stessa confezione e le loro mani si sovrappongono. Si guardano. «Giovanni!» «Lucia!» «Papà!»

Uno di questi copioni l'avevo messo in scena per davvero, ma, seppur ben congegnato, non ebbe l'esito che speravo.

Si basava sui cioccolatini al rum, di cui entrambi erano golosi. Con un gruzzoletto che avevo da parte avevo comprato due scatole di cioccolatini per l'anniversario del loro matrimonio. Le avevo fatte impacchettare e su ognuna avevo incollato una busta con dentro un biglietto. Su quello destinato alla mamma avevo scritto in stampatello 'da Giovanni con amore nel giorno del nostro anniversario' seguito da un cuoricino rosso. Su quello destinato a papà 'un ricordo da Lucia nel giorno del nostro anniversario' senza cuoricino perché era stato papà a lasciare mamma e non viceversa. Un fattorino del negozio le aveva portate a destinazione.

Ebbene? Un flop. Anzi, un vero e proprio dramma.

Mamma, che lì per lì aveva veramente creduto che la scatola l'avesse inviata papà, lo aveva chiamato immediatamente al telefono, con la segreta speranza di poter riallacciare i rapporti. Così era venuta a sapere che anche lui aveva appena ricevuto una scatola identica.

Risalire a me non era certo stato difficile, anche perché non esistevano altre persone sulla faccia della Terra, a parte nonna Chiara, che conoscessero la loro passione per quella particolare marca di cioccolatini al rum.

«Ma sei diventata matta?!» era stata la reazione di mamma. «Come ti viene in mente di metterti tra me e tuo padre? Non ti azzardare a fare mai più una cosa del genere. Mai più! Mai più!» E poi, con tono affranto: «Non si scherza su queste cose!»

Avevo capito di averla ferita. Mi ero sentita talmente stupida che avevo abbandonato definitivamente l'illusione di poter ricostituire la mia famiglia.

All'epoca non avevo ancora compiuto tredici anni (per l'esattezza avevo soltanto dodici anni, undici mesi, due settimane e cinque giorni), e Ugo non era ancora entrato nelle nostre vite.

Che sarebbe entrato nelle nostre vite fu evidente fin da quel primo incontro al bar. Capii subito che non avevo voce in capitolo. Che non potevo farci niente. Che lui e mamma si erano già accordati. Non solo sulle linee generali, ma anche nei dettagli.

«La nostra vita è a una svolta» si era ingegnata a dirmi lei la sera stessa. Eravamo sedute in cucina, una di fronte all'altra. «Una bella svolta» aveva proseguito al mio sguardo interrogativo, «un cambiamento in meglio, una bella casa, una famiglia, una donna di servizio sei giorni alla settimana».

Il cambiamento fu a centottanta gradi, ma non portò soltanto miglioramenti.

Anche Ugo, come mamma, era stato sposato e poi si era separato. Era stata la moglie a lasciarlo perché, dopo avere messo al mondo il loro bambino, invece di essere contenta si era sentita imprigionata. Scontenta. Irrequieta. Tutto a un tratto aveva capito di non volere sacrificare una brillante carriera per la famiglia. Da Roma era tornata a Milano dove, prima di sposarsi, aveva lavorato in una prestigiosa casa di moda.

Carletto, il bimbo di ventidue mesi, era rimasto con il papà. Non capitava spesso nelle separazioni, ma in quel caso fu inevitabile. Così mi dissero. La mamma di Carletto faceva la spola tra Milano, Londra e New York e ogni tanto veniva a trovarlo a Roma, ma raramente. Ugo c'era rimasto male, ovviamente, ma se n'era fatta una ragione. Carletto aveva cinque anni quando mia mamma e suo papà decisero di mettersi insieme. Presa la decisione, nel giro di poco ci trasferimmo a casa di

Ugo, nel quartiere Prati, in un appartamento più grande e molto più elegante del nostro. Dalla terrazza, di sette metri per tre, si poteva ammirare, tutta intera, la cupola di San Pietro.

Niente male, lo ammetto. Eppure come misi piede in quell'appartamento mi venne la febbre.

Una febbriciattola molto fastidiosa e molto persistente. Durante il giorno trentasette e due, verso sera trentasette e sette/trentotto. E così tutti i santi giorni per quattro, cinque, forse sei settimane. Nel cervello avevo una specie di nebbia. Dapprima dissero che era influenza, poi infezione, e siccome la febbre non se ne andava incominciarono con gli esami clinici: il sangue, il cuore, le tonsille... una ecografia all'intestino, un'altra allo stomaco e persino una TAC. Ero a pezzi. Stanca. Non volevo più uscire, né andare a scuola.

Morirò, pensavo, e quando sarò morta loro mi rimpiangeranno. Era l'unico pensiero che mi tirava su il morale.

Mamma era preoccupata per la mia salute ma era anche molto occupata con il trasloco. In più doveva prendersi cura di Carletto che in quel periodo, per i cambiamenti che aveva dovuto fronteggiare, era diventato pestifero. Io avevo l'impressione di non ricevere tutto l'amore di cui avevo bisogno. Era la prima volta che provavo quella sensazione, come una specie di languore senza rimedio. Non saprei definire diversamente quel mio stato di allora.

Dopo lunghe consultazioni i medici decisero che quella febbriciattola dovevo tenermela perché la causa non era fisica ma psicologica. Esaurimento nervoso, sentenziò un dottore anziano. Gli adolescenti sono ipersensibili, spiegò un medico giovane.

Mamma volle portarmi di nuovo dalla psicologa. Feci un po' di resistenza, ma non avevo scelta.

Barbara mi accolse con un abbraccio. Congedata che ebbe la mamma, mi fece sedere di fronte a sé. Io sul divano. Lei su una poltrona dai braccioli di legno. Tra di noi, come tavolino, un tamburo e sul tamburo delle caramelle al miele.

Mi chiese il motivo per cui ero tornata da lei. Le raccontai della febbriciattola che andava e veniva e del parere dei medici.

«Dicono che ho l'esaurimento nervoso».

«E tu cosa pensi?»

«Non lo so. Può darsi che abbiano ragione».

«Tu come ti senti?»

«Strana».

«Strana come?»

«No lo so». Che noia queste domande!, pensai.

Per un po' restammo così, una di fronte all'altra. Senza parlare.

«Una caramella?» disse poi lei indicandomi il tamburo.

«Grazie». Ne scartai una e me la misi in bocca.

«Hai fatto qualche sogno ultimamente?»

«Sììì, be', c'è un sogno che faccio spesso... un sogno...»

«Ricorrente?»

«Sì, ricorrente».

«Ti va di raccontarmelo?»

Non è che mi andasse molto. Ma ormai ero lì, tanto

valeva raccontarlo. «Devo scalare una montagna. Sulla cima della montagna c'è una casa. Una casa grande. Io però non riesco mai ad arrivarci, perché sulle spalle ho uno zaino troppo pesante che mi trascina verso il basso, verso il paese che sta di sotto. Faccio un passo avanti e due indietro, come un gambero».

«Cosa c'è nello zaino?»

«Non saprei... ci sono le mie cose credo. I miei vestiti. I libri di scuola. I giocattoli di quando ero piccola. Le foto. Un piccolo computer».

«E pesano molto. È così?»

«Pesano molto. Moltissimo».

«Che cosa ti viene in mente?» chiese mentre rigirava una ciocca di capelli intorno a un dito.

Ci pensai un po'. «La mia casa» dissi. «Quella di prima?» aggiunsi un po' titubante.

Barbara fece un cenno d'assenso. «La *tua* casa, quella da cui non riesci a staccarti».

Sì, era proprio così. Non volevo lasciare la casa in cui ero nata. Rimpiangevo la mia stanza, la mia cucina, il corridoio lungo, buio e misterioso, le mattonelle azzurre del bagno, il divano a fiori del soggiorno in cui sprofondavamo tutti e tre quando guardavamo insieme la tv.

«Loro hanno deciso tutto passando sopra la mia testa, dietro alle mie spalle, davanti ai miei occhi, senza neppure domandarmi che mobili avrei voluto portare nella nuova casa, se avevo delle preferenze per la tappezzeria, mettendomi di fronte al fatto compiuto, obbligandomi a dormire in una casa che puzza di fumo!»

«C'è qualcos'altro che ti dà fastidio nella nuova casa?»

«Certo che c'è qualcos'altro!» esclamai, ma non osai andare oltre.

Barbara mi fece un cenno di incoraggiamento: «A me puoi dire tutto, lo sai».

«Tutto tutto?»

«Certo. Noi psicologi abbiamo l'obbligo del segreto professionale».

«E che cosa sarebbe?»

«Sarebbe che non possiamo andare a raccontare in giro le storie dei nostri pazienti».

«Ah!»

«Dunque, puoi parlare liberamente».

«Quando penso che quell'uomo va a letto con mamma mi viene il voltastomaco» dissi tutto d'un fiato. Poi aggiunsi: «Non posso pensare che infili le sue dita puzzolenti di fumo tra i suoi morbidi capelli biondi».

Le mie parole l'avevano colpita. A quel punto fu lei a prendere una caramella dal tamburo. Si concesse una lunga pausa, poi disse:

«Ti capisco, sai, è normale che tu ti senta a disagio, ma il modo in cui inquadriamo le situazioni è diverso secondo il nostro ruolo e la nostra età. Anche se per te è difficile metterti nei panni della mamma, devi accettare l'idea che lei è una donna adulta, che sta bene con Ugo e che la relazione con lui non toglie nulla al suo amore per te. È sempre la tua mamma e Ugo non può certo allentare questo legame».

«L'amore non si misura a peso» aggiunse poi sorridendomi, «e nemmeno a fette».

«Ma il voltastomaco?» chiesi perplessa. «Forse la febbre è dovuta a quello...»

La vidi riflettere, poi rispose: «È possibile. Sì, certamente» ammise toccandosi una ciocca di capelli. «È così che succede, tu e la tua mamma vi volete bene, siete molto legate l'una all'altra ma non siete una cosa sola, ci sono anche altre persone, altri legami. Quando anche tu avrai un amore, come la mamma, sarai più indulgente con lei».

La spiegazione mi convinse solo a metà. Però il fatto di aver potuto tirar fuori quel grosso rospo che mi rodeva dentro mi fece sentire meglio e la febbre passò.

La torta di compleanno

Ho detto che c'era stato un tempo, quando papà abitava ancora con noi, in cui avevo desiderato un fratellino o una sorellina, senza distinzione di sesso; ma dopo l'esperienza di Massimo, questo desiderio era sceso molto in basso nella scala delle mie priorità.

Contrariamente a prima, avevo imparato ad apprezzare la condizione meno complicata dei figli unici, padroni del proprio territorio, dei propri giocattoli, dei propri oggetti, del proprio tempo, delle proprie amicizie. E invece ecco spuntare, non richiesto, un nuovo fratello, si fa per dire, per di più piccolino, abbandonato dalla mamma e quindi da proteggere.

«Sarai la sua mammina» aveva detto Ugo con piglio sicuro e noncurante al tempo stesso. Io però non mi sentivo assolutamente pronta per quel ruolo. Non lo avevo messo al mondo io, perché mai avrei dovuto occuparmene? In più, il termine 'mammina' – che mi dava già sui nervi di per sé – pronunciato da lui mentre, allungato sul divano, con le gambe divaricate, la sigaretta tra le dita e la testa reclinata all'indietro, modellava con le labbra un cerchio di fumo dopo l'altro mi procurò una scarica elettrica nel bel mezzo del cervelletto.

Come era prevedibile, fu mia mamma a diventare la mammina di Carletto. La cosa avvenne in modo piuttosto rapido, anche perché vivendo insieme era inevitabile che mamma si occupasse di lui come di un figlio. In più lei si affezionò veramente, perché Carletto incominciò a chiamarla mamma fin dal primo giorno. All'inizio con qualche esitazione, poi con maggiore sicurezza, per il semplice fatto che nessuno lo correggeva.

L'unica che cercava di correggerlo ero io. «Lucia» sottolineavo, «il suo nome è Lucia, è la *mia* mamma non la tua». Lui però mi guardava con un sorrisetto furbo e, sfidandomi, ripeteva «mamma» due, tre, anche quattro volte di seguito. Quel bambino aveva un intuito formidabile e sapeva come ingraziarsela.

Ammetto di essere stata gelosa, ma non provo alcuna vergogna per questo mio sentimento. I miei genitori avevano deciso di separarsi senza chiedere il mio parere. Papà si era tuffato in una nuova famiglia alla velocità della luce e mamma si stava affezionando a un marmocchio, figlio di un fumatore incallito, quando invece con papà, sulla questione del fumo, era stata intollerante. «Puoi fumare in officina quanto ti pare, ma non dentro casa» era stato il diktat a cui papà si era sempre attenuto per amor suo. Ora invece, incredibilmente, lei tollerava, senza mai un cenno di fastidio o di protesta, che Ugo saturasse tutta la casa col suo fumo.

Sfido chiunque a restare immune alla gelosia. Da un giorno all'altro la mia famiglia era esplosa e, prima che me ne rendessi conto, da quell'esplosione erano emerse, quasi per magia, altre due famiglie che potevano fare benissimo a meno di me. Come succede nel gioco delle sedie, tutti i miei famigliari, vecchi e nuovi, dopo aver fatto un giro in tondo, erano riusciti a sedersi, soltanto io ero rimasta in piedi col cerino in mano.

Non era successo nulla di drammatico, lo riconosco: non era morto nessuno, i miei genitori non si parlavano quasi più ma nemmeno si facevano la guerra come succede per altre coppie scoppiate, avevano quello che si dice un rapporto civile. Io però mi sentivo esclusa, messa da parte.

Invece di migliorare, le cose peggioravano di giorno in giorno. Nel periodo in cui io e mamma eravamo rimaste sole in casa, il clima non era dei più allegri ma comunque parlavamo. Parlavamo più di prima. Eravamo diventate amiche. Lei mi confidava cose sue e io le confidavo cose mie. Potevo esprimere le mie opinioni e persino darle dei consigli. Lei mi ascoltava con attenzione e quando io rimpiangevo i bei tempi di papà con noi, lei mi attirava a sé, mi accarezzava i capelli, mi faceva ragionare, mi spiegava che la vita è come un grande fiume che scorre libero ed è utopia pensare di fermarlo.

E quando di notte non riuscivo a prender sonno, oppure mi svegliavo in preda a un incubo, andavo in punta di piedi nella sua stanza e quatta quatta mi infilavo nel lettone, sotto le sue lenzuola. Lei fingeva di non accorgersene e io, avvolta nel suo calore, mi addormentavo in pochi minuti.

Il clima nella casa nuova era di tutt'altro genere. Come spiegarlo? Non solo il lettone era diventato inaccessibile per me (non per il marmocchio, però...) ma le porte, a casa nostra sempre spalancate, nella casa di Ugo erano quasi sempre chiuse. Porte che si aprivano per un attimo e si chiudevano subito dopo. Voci attutite. Entro? Non entro? E quando, entrando in una stanza, interrompevo la conversazione, loro mi guardavano stupiti. E *lei* che ci fa qui?, dicevano i loro sguardi. Perché non se ne sta buona nella *sua* stanza?

Prima io e mamma facevamo molte cose insieme e tra di noi si parlava liberamente. Qualche volta potevamo arrabbiarci e alzare un po' la voce. Ma poi avevamo tempo per chiarire e tutto tornava come prima. Ora invece era diventato molto più difficile parlarci e chiarire. O c'era Ugo. O c'era Carletto. E se per caso una di noi due si arrabbiava ed esplodeva un litigio, non potevamo rimediare perché non eravamo mai sole, sul serio. Mai. Non sto scherzando: avrei dovuto rapirla o fare qualcosa di altrettanto eclatante per riuscire a parlarle in privato.

La mia presenza disturbava la loro vita di coppia. Ero il terzo incomodo. Sopraffatta dall'emozione, arrossivo violentemente. Scappavo. E se mamma, per farsi perdonare, mi richiamava («Fabri vieni, vieni per favore, torna qui! Stai con noi un momento»), io non tornavo, ma correvo con il fiatone a chiudermi in camera.

Lì mi accucciavo in un angolo e immaginavo di essere la piccola fiammiferaia di Andersen: sola, abbandonata, al freddo, per strada tra cumuli di neve, mentre dentro le case luminose e riscaldate i bambini fortunati festeggiavano l'ultimo giorno dell'anno.

Giocare all'infelicità mi faceva bene. Mi sentivo in

compagnia di una ragazzina che provava le mie stesse emozioni, che viveva le mie stesse angosce. Potevo crogiolarmi nel mio dolore e piangere fin che volevo. E dopo aver pianto potevo tirare un sospiro di sollievo molto profondo, alzarmi e riprendere la mia vita come se nulla fosse accaduto.

E invece qualcosa accadde, e non fu possibile ignorarla.

Nonostante le precauzioni prese fin dai miei cinque anni, il trambusto creato dal trasloco, la presenza del marmocchio che assorbiva ormai tutte le attenzioni di mamma, la puzza di fumo a cui non riuscivo ad abituarmi che aleggiava ovunque nell'appartamento, la febbriciattola e lo studio sempre più impegnativo mi fecero dimenticare il mio compleanno.

Incredibile, avevo smesso di contare i giorni tra un compleanno e l'altro.

Lo dimenticai io, ma lo dimenticarono anche i miei genitori. Nonna Chiara se lo era ricordato, così mi ha detto poi, ma siccome in quei giorni era a casa di un'amica a Palma di Maiorca, dove il cellulare non prendeva, non era riuscita a telefonarmi.

Erano ormai trascorsi cinque giorni dalla fatidica data quando il fattorino del pasticciere suonò alla porta. In quel momento ero sola in casa e, ignara, andai ad aprire. Mamma era fuori con Carletto («È pallidino, deve prendere aria, lo porto al parco una mezz'oretta prima di pranzo»).

«Cosa c'è in quel bel pacco?»

«Una torta di compleanno».

«Compleanno?! Una torta di compleanno!» Mi diedi

una manata sulla fronte. «Me ne ero completamente dimenticata!»

Tesi le braccia e l'uomo vi appoggiò sopra una scatola di cartone.

«Pesa» dissi ridendo.

«È una sorpresa. Chi è il festeggiato?»

«Io, io, sono la festeggiata, con qualche giorno di ritardo ma sono io».

«Quanti anni compi?»

«Quindici!»

«Bella età» disse il fattorino, «auguri!»

«Grazie!»

Portai la scatola in cucina e la poggiai con cura sul tavolo di marmo. Meglio tardi che mai, pensai. Ma ero contenta lo stesso. Sia pure in ritardo, la mamma si era ricordata. Ero ancora nei suoi pensieri! Avrei voluto spacchettare subito, ma resistetti. Era lei che l'aveva ordinata, a lei spettava l'onore. Non toccai nulla. Attesi, serena, che tornasse.

Arrivò un po' affannata. «Sono in ritardo» disse. «È arrivata?» Sfilò le scarpe al marmocchio e gli mise le pantofole.

«Sì, è sul tavolo in cucina!»

«Bene, puoi aprirla e sistemarla su un vassoio, ma...» mi strizzò un occhio in segno di intesa.

«Ma cosa?»

«Be', non deve...» abbassò la voce e fece un cenno del capo in direzione di Carletto, poi rivolta a lui: «Hai giocato con la terra, devi lavarti le manine prima di pranzo, vai in bagno che ti raggiungo».

«Sì, mamma» cinguettò lui, e corse via.

«È una sorpresa, la vedrà alla fine del pranzo, prima deve mangiare regolarmente».

A quel punto avrei dovuto capire. Eppure non ci arrivai subito. Non potevo. Mi ci vollero alcune decine di secondi per mettere a fuoco la situazione. Non era la mia festa di compleanno ma quella di Carletto, e la torta non era per me ma per lui. Mamma si avviò trotterellando in cucina. Io rimasi tramortita in anticamera.

Di lì a poco arrivò anche Ugo e ci sedemmo a tavola. Durante il pranzo non spiccicai parola. Loro, allegri, parlavano. Il marmocchio chiacchierava felice. Io sentivo i suoni senza coglierne il significato.

Possibile che mamma si fosse dimenticata? Possibile che papà non si fosse ricordato? Chi ero io per loro? Uno zero. Un sasso. Aveva un bel dire la psicologa che mi volevano bene. Così quando arrivò la torta in tavola, allontanai il piatto che avevo di fronte sopra, incrociai le braccia sul tavolo e vi poggiai la fronte come per dormire.

Mamma mi guardò perplessa. «Cosa fai, Fabri?... Ma insomma, che ti prende?» Incredibile, continuava a non capire. Continuava a scordarsi del mio compleanno...

Era tornato quel groppo in gola che mi bloccava il respiro e la parola. Mi alzai bruscamente da tavola con l'intenzione di sparire, di rifugiarmi nella mia stanza.

«Tu da qui non ti muovi!» mi intimò Ugo. «Non puoi fare sempre quello che ti pare. Siediti!» Rimasi in piedi e lui fece una cosa intollerabile: si tolse la sigaretta dalle labbra, mi buttò il fumo in faccia, posò la sigaretta e con quella stessa mano puzzolente mi assestò uno schiaffo sulla guancia.

«Ugo, ti prego...» implorò la mamma.

«Chi sei tu per comandarmi? Non sei mio padre!» urlai con tutto il fiato che avevo in gola. «Non puoi trattarmi così! Ti odio! Ti odio! Ti odio!»

«Fabri, ma cosa succede... sei impazzita?! Calmati... Ugo ti vuole bene». La mamma si avvicinò, ma io le diedi uno spintone con entrambe le mani e la ricacciai indietro.

Carletto spaventato attaccò a piangere. Mamma lo prese tra le braccia: «Povero tesoro, va tutto bene. Ora spegniamo le candeline».

«Vedi che cosa hai combinato? Hai rovinato la festa di Carletto! Sei una guastafeste! Sei cattiva d'animo, ecco cosa sei!» Ugo mi afferrò per un braccio, mi diede uno scossone così forte che quasi finii a terra.

«Mio padre non mi ha mai picchiata... non sono cattiva... voi siete cattivi». Ero troppo agitata per continuare.

«Ma che sta succedendo? Che ti prende?» incalzò la mamma.

«Che mi prende? Che mi prende? Ma tu lo sai quanti anni ho? Lo sai quando sono nata o te lo sei dimenticata?»

Mi guardò sbalordita. «Dio mio!» esclamò poi portandosi le mani alle tempie...

Corsi in camera mia, mi chiusi a chiave e lì rimasi fino a sera.

Lo schiaffo mi bruciava sulla guancia, che intanto era diventata rossa. E quella parola, 'cattiva', mi ruotava nel cervello come una trottola. Dunque ero cattiva. Dunque un adulto qualsiasi poteva picchiarmi. Dunque non valevo niente. Dunque non avevo più una famiglia.

Mi sentivo in prigione. Cosa fare? Da chi andare? A casa di papà? Mai più! Se ci fosse stata nonna sarei corsa da lei, ma nonna era a Palma di Maiorca... Mi buttai sul letto e lì rimasi.

Mamma bussò un paio di volte per sentire come stavo. La prima non risposi. La seconda, era ormai sera, la feci entrare.

«Scusami, Fabri, è imperdonabile che mi sia dimenticata». Si sedette sul letto, mi accarezzò i capelli e tenendomi il viso tra le sue mani mi baciò le guance, il naso, la fronte, prima un occhio e poi l'altro.

«Scusami, ma il trasloco, la casa nuova, il piccolo a cui badare, abbiamo tutti molto da fare... sii buona, cerca di capire. Ugo non è cattivo, è soltanto un po' nervoso, come tutti noi in questo periodo».

La feci sfogare, ma non mi lasciai convincere. Nella sua vita ormai c'erano Ugo e il marmocchio. La nostra vita, mia e sua, non sarebbe mai più stata come prima. Il solo pensiero mi riempiva di rancore. Le dissi che volevo starmene sola per un po'.

«Ti porto la cena in camera?»

«D'accordo» assentii. Ero troppo tesa. Troppo arrabbiata. Troppo infelice. Quella casa era come un altoforno per me. Mi sentivo andare a fuoco. Non era quella la vita che volevo.

Optai per una soluzione drastica. Decisi di andarmene da quella casa. Immediatamente.

Mi sentivo in trappola. Non potevo più restare in quell'appartamento che sapeva di fumo e dove ero ospite indesiderata. Mi sarebbe tornata la febbre. Ne ero sicura. Dovevo andarmene di nascosto, altrimenti non me lo avrebbero consentito.

Per non suscitare sospetti accettai di cenare in camera. In segno di pace mamma mi portò un hamburger con patatine, un bicchiere d'acqua frizzante e tre quadretti di cioccolata. Stetti al gioco. Poi, intorno a mezzanotte, quando tutti erano a letto, preparai lo zaino. Ci misi i miei risparmi – trecentosettanta euro – tre paia di slip, due paia di calze, fazzoletti, una maglietta di ricambio, un pacco di biscotti e, importantissimo, il mazzo di chiavi di riserva della nonna, che mamma teneva tra altri mazzi nell'armadio del corridoio.

Indossai la felpa, i pantaloni da ginnastica, gli stivaletti e il cappotto. Presi una torcia elettrica. Presi anche la bussola, che papà mi aveva regalato per il mio ottavo compleanno, e una mappa di Roma. Sarei andata a casa di nonna, e al ritorno da Palma di Maiorca, di lì a due giorni, lei mi avrebbe trovata già bene installata a casa sua. Il mattino seguente avrei telefonato a mamma e le avrei comunicato il cambio di residenza. Mi sembrava un buon piano, accettabile anche per lei.

Il rave

Aprii e richiusi con cautela la porta d'ingresso. Per evitare il cigolio dell'ascensore, che nel silenzio della notte poteva arrivare fino in casa, imboccai le scale, scendendole in punta di piedi. Nessuno scricchiolio, neppure nell'aprire e richiudere il portone del palazzo.

Arrivata in strada mi avviai veloce verso la casa della nonna. In linea d'aria era solo a un chilometro di distanza, ma il percorso per strade e stradine era più lungo. Non c'erano autobus diretti e comunque per arrivarci a quell'ora c'erano soltanto i notturni, che passavano quando passavano e seguivano percorsi che non conoscevo.

Le prime due strade che imboccai avevano un aspetto del tutto normale e tranquillo. Sul Lungotevere, invece, ogni due lampioni c'era una donna mezza svestita. Tutte mostravano le gambe fino alle cosce e di alcune, quando si voltavano, si vedevano le natiche. Sapevo che erano prostitute, le avevo già viste tante volte, passando in auto, anche di giorno sulle consolari che arrivano e partono da Roma, di notte però mi sembravano più sfrontate. Alcune apparivano ostili, altre invece quasi affettuose.

«Ehi, bella bimba, non vorrai mica farci concorrenza» mi apostrofò la prima con cadenza straniera.

«Dove stai andando tutta sola? Non ce l'hai la mamma?» disse un'altra con tono protettivo, dondolandosi sui tacchi a spillo.

«Cappuccetto, gioia mia, stai attenta al lupo!» fu il commento scherzoso di una terza, che al posto della gonna aveva una cintura. «Ce ne sono tanti, sai, di lupi mannari qui intorno».

«Hai voglia!» le fece eco ridendo una quarta che indossava dei collant neri, una camicetta trasparente e un paio di occhiali rosa shocking tempestati di brillantini. «E alcuni sono proprio brutti!»

«Torna a casa, bellezza. Sei troppo tenera per startene qui a quest'ora!» fece una quinta che fumava con un lungo bocchino.

Cercavo di non guardarle, ma non riuscivo a farne a meno. Alcune erano così giovani che mi venne da pensare che un giorno anch'io sarei potuta finire in mezzo a loro. Questo pensiero mi fece rabbrividire e accelerai il passo ancora di più.

Lasciai il Lungotevere e imboccai di corsa una strada laterale, buia e deserta. Non c'era anima viva. Poi una seconda, ugualmente buia e ugualmente deserta. Il buio e il suono dei miei passi mi facevano un po' paura, ma mi dicevo che se non c'era nessuno in strada non avevo nulla da temere.

E invece quando svoltai a sinistra, dopo avere attraversato un crocicchio dalle parti di piazza del Fante, mi si parò di fronte una figura grande e scura. Una specie di gigante. Mi pentii di non aver mai messo in pratica il proposito di procurarmi uno spray al peperoncino.

Cercai di aggirarlo spostandomi di lato, ma lui con un balzo mi fu di nuovo davanti. Divaricò gambe e braccia in modo da ostruirmi il passaggio.

Tremavo per la paura, ma reagii. Cercai di abbagliarlo con la torcia elettrica. Per riparare gli occhi dal fascio di luce l'omone alzò un braccio. Vidi una barba arruffata e incolta, una pelle scura, una bocca sdentata, un ghigno beffardo che voleva dire 't'ho acchiappato, pischella'.

Feci un rapido dietrofront, lui però mi posò una delle sue grosse mani su una spalla, mi trattenne e mi obbligò a girarmi.

«Ma guarda guarda» disse fiatandomi in faccia la sua puzza di vino e cipolla, «dove vai tutta sola a quest'ora di notte? Hai perso l'orientamento? Sei amica di quelle signore? Ce l'hai il pappone? Se sei sola, io ti posso aiutare».

Mentre cercavo di divincolarmi con tutte le mie forze lui con l'altra mano, una mano nodosa e smisurata, fece una cosa di cui avevo sentito parlare, ma che ancora non mi era mai successa: dopo avere slacciato un bottone cercò di tirar fuori il suo coso dai pantaloni. Ma siccome era ubriaco, siccome ondeggiava sulle gambe malferme e siccome la mano gli tremava, non riuscì a portare a termine l'operazione.

Vedendolo accanirsi goffamente sui bottoni della patta, da principio mi venne da ridere, ma dato che avevo anche molta paura, mi misi a urlare «Aiuto! Aiuto! Aiuto!» con tutto il fiato che avevo in gola.

Nonostante le mie urla, l'uomo continuava a stringermi la spalla e ad alitarmi in faccia il suo puzzo di vino. Qualcuno però aveva sentito la mia richiesta. Dall'altra parte della strada si aprì un portone, da cui prima uscì una musica techno e poi tre persone, due ragazze e un ragazzo. Capirono immediatamente la situazione.

«Che cosa sta succedendo? Hai bisogno di aiuto?» chiese il ragazzo, più grande di me di almeno quattro anni.

«Sììì» risposi, tenendo alto il più possibile il volume della voce, «quest'uomo...»

Il ragazzo si avvicinò con piglio sicuro e mostrando i pugni fece segno all'uomo di andarsene. Era alto, palestrato e aveva dei tatuaggi disegnati sul collo. L'uomo biascicò qualche parola incomprensibile, poi barcollando sparì nel buio da cui era emerso.

Si avvicinarono anche le ragazze.

«Che ti è successo? Hai avuto paura?» chiese una delle due, agitando in aria una sigaretta.

«Un po'».

«Lo conosciamo» continuò lei, «è un barbone che diventa intraprendente con le donne quando si ubriaca. Poi però non riesce a combinare nulla». Esplose in una risata.

«Poveretto» intervenne l'amica, ridendo anche lei «se non beve non combina niente, ma se beve non combina niente lo stesso!»

«Vieni con noi» disse la ragazza con la sigaretta guidandomi verso il portone da cui erano uscite, «c'è una festa».

«Ci stiamo divertendo» sorrise l'altra, e dalle labbra le uscì un odore dolciastro.

«Lei è Dani. Io sono Chicca. Il ragazzo che ti ha salvata dalle grinfie dell'uomo cattivo è Luigi detto Lu. Lu è fichissimo come vedi... siamo tutte innamorate di lui» concluse ridendo.

«Fabri» mi presentai. «Grazie per l'aiuto».

«Ma figurati. Dove stavi andando?» chiese Chicca, che indossava dei jeans cortissimi e una camicetta rossa che lasciava completamente libera la schiena. E sulla schiena, tatuato lungo tutta la spina dorsale, si snodava un ramo di edera verde.

«Non hai freddo?» domandai, mentre mi chiedevo in quale punto del fondoschiena iniziasse quel tatuaggio.

«Dentro è caldo. Ci muoviamo. Balliamo. Ma non mi hai risposto. Dove stavi andando?»

«Da mia nonna».

«Da tua nonna?! A quest'ora?»

«Sì, ma lei non è in casa».

Lu, che aveva sentito la mia risposta, mi si parò di fronte con una buffa piroetta. «La nonna non è in casa?!» mi rifece il verso. «E che ci vai a fare se non c'è? Raga!» urlò poi in direzione di altri ragazzi invisibili al momento ma ben presenti all'interno del palazzo, «abbiamo qui tra noi Cappuccetto Rosso... s'è persa nel bosco e ha già incontrato il lupo cattivo».

Se fossi stata zitta sarebbe stato meglio. Ora mi prenderanno in giro, pensai, e avrei voluto tornare sui miei passi. Mi rendevo conto di fare un'imprudenza dopo l'altra, ma avevo la sensazione di non riuscire a farne a meno.

Sospinta da Chicca varcai il portone. Seguendola attraversai un cortile rettangolare, circondato da ogni lato da colonne con al centro un pozzo esagonale, che doveva essere il chiostro di un palazzo antico, e mi ritrovai in un salone gremito di ragazzi. Forse la vecchia scuderia.

La musica era martellante, ossessiva, a tutto volume. Sotto la luce stroboscopica decine di ragazzi e ragazze si agitavano come burattini, seguendo il ritmo del dj.

Li osservai per un bel po', in disparte in un angolo, prima di decidermi a farmi avanti. Erano tutti più grandi di me. Trascinati dalla musica si muovevano sulla pista, separati gli uni dagli altri, come in trance.

Quando finalmente riuscii ad abituarmi a quel movimento vorticoso di luci, suoni e colori, adocchiai un vecchio divano sdrucito, lo raggiunsi facendomi largo tra i ballerini e ci sprofondai. Più guardavo quei ragazzi e meno avevo paura. Anche se la musica era troppo violenta per i miei timpani non abituati a quei decibel, in mezzo a loro mi sentivo al sicuro.

Al sicuro e per la prima volta libera. Le cose possono cambiare rapidamente, pensavo, e spesso in meglio.

Dopo un po' arrivò Dani con qualcosa tra le mani. Sprofondò anche lei nel divano accanto a me. Era un pezzo di pan di spagna. Dopo averne staccato un pezzo con un morso, masticò lentamente e deglutì, poi ne staccò un altro che mi infilò tra i denti: «Prendi, ti calmerà».

«Ma sono calma» replicai, accettando però di buon grado la sua offerta.

Il dolce che Dani mi aveva infilato in bocca era morbido e sapeva di cioccolata. «Squisito» dissi.

Lei mi porse un secondo pezzo: «È una torta all'hascisc... incomincerà a fare effetto tra una ventina di minuti... ti sentirai bene», dopodiché si alzò e, così come era emersa, scomparve nel turbine dei ballerini.

Qualcun altro, allora, sprofondò nel divano accanto a me, nel posto lasciato libero da Dani. Era Lu, il ragazzo atletico che mi aveva salvato dal barbone ubriaco. Senza dire una parola incominciò a stringermi tra le sue braccia e a baciarmi sulla bocca.

È così che si fa alle feste dei più grandi, pensai. Senza conoscersi? Senza scambiare una sola parola?

Sprofondata nel divano e bloccata dal corpo di Lu non riuscivo a respirare. Cercai di divincolarmi, o almeno di spostarmi un po'. Lui però era forte, deciso, e non mollava.

Dopo avermi baciata e ribaciata sulle labbra, che cercava di farmi aprire ma che io tenevo chiuse, incominciò a leccarmi il collo e a mordicchiarmi il lobo di un orecchio. Non che fosse spiacevole quello che lui mi stava facendo, io però non me l'aspettavo. Lu era bello e, a ripensarci ora, mi piaceva, ma quella notte stava succedendo tutto troppo in fretta e io non sapevo come comportarmi.

«Dov'è il tuo tatuaggio segreto?» mi chiese a un certo punto, infilandomi una mano sotto la felpa. «Me lo fai vedere?»

Mi venne in aiuto Chicca che, poco distante, aveva assistito alla scena. Lo afferrò con forza per un braccio, lo tirò verso di sé, lo obbligò ad alzarsi e lo trascinò sulla pista in mezzo agli altri.

«Ma che ti salta in mente, Lu? È una pischella... questa sera ha già avuto la sua razione di molestie, non ti pare?» gli urlò nell'orecchio per sovrastare il frastuono.

E lui, come in trance, prese ad agitarsi di fronte a lei. Poi si allontanò da solo, trascinato dal ritmo della musica e dai movimenti dei ragazzi che si agitavano intorno a lui sulla pista.

Mi sono sempre chiesta se Chicca sia intervenuta realmente in mio aiuto o se abbia allontanato Lu da me per un improvviso attacco di gelosia.

Quando l'hascisc incominciò a fare effetto sentii le palpebre diventare pesanti. Chiusi gli occhi e vidi delle girandole luminose molto colorate che si attorcigliavano, si disfacevano, si allungavano come serpenti. Erano sfuggenti e formavano disegni sempre nuovi. L'impressione fu quella di un'esperienza eccezionale, che dovevo imprimermi bene nella memoria per poi raccontarla alla nonna. Domani mattina disegnerò queste forme, pensavo. Me le devo ricordare, mi dicevo, e cercavo di fissare nella mente le luci e i colori che si susseguivano come in un caleidoscopio. Ecco che cosa voglio! Ecco che cosa mi piace!

Il giorno dopo, però, quando l'effetto della droga svanì, ricordai sì quelle girandole, ma non erano più nulla di speciale. L'eccitazione che mi avevano provocato era completamente svanita. In più nella mia testa c'era un enorme e pesante macigno.

Non so dire per quanto tempo rimasi accoccolata sul divano a contemplare le girandole che si agitavano nei miei occhi. Mentre ero persa in quel nirvana qualcuno mi rubò lo zainetto con i soldi e tutto il resto, slip compresi. Mi dispiacque per la torcia elettrica, ma soprattutto per la bussola, che era un oggetto speciale a cui tenevo molto.

In seguito venni a sapere che ero capitata nel bel mezzo di un rave organizzato da un gruppo di ragazzi, al piano terra di un palazzo del Seicento che il nipote del proprietario aveva avuto in prestito dallo zio per due giorni e due notti. Si erano dati appuntamento contattandosi via web. Venni anche a sapere che ero stata fortunata. Molto più fortunata di un ragazzo di diciassette anni, che invece era finito in coma al pronto soccorso. Si era sentito male e qualcuno aveva chiamato l'ambulanza. Forse un amico che si era accorto che sbavava, roteava gli occhi e vomitava una schiuma gialla. Aveva inghiottito una pasticca di non so che cosa e stava malissimo.

«Potevano violentarti, ma ti rendi conto! Con i tipi che girano!» fu il commento allarmato della mamma quando diverse ore dopo mi raggiunse. Mi accarezzava i capelli, con le lacrime agli occhi.

Papà invece se ne stava un po' in disparte, sconsolato, con la testa tra le mani.

Li avevo di nuovo messi insieme, ma non come avrei desiderato.

Compresi immediatamente, dalle espressioni dei loro visi, che non sarebbe servito a nulla quel riavvicinamento e che, compiuto il proprio dovere di genitori, ognuno sarebbe poi tornato alla propria famiglia.

Prima però mi subissarono di domande:

«Chi sono quei ragazzi?»

«Chi ti ha invitata?»
«Dove li hai conosciuti?»
«Sono tutti più grandi di te, te ne sei resa conto?»
«C'erano degli adulti tra di loro?»
«Che cosa hai bevuto?»
«Ti hanno dato delle pasticche?»
«Ti ricordi quello che hai fatto?»
«Ti hanno toccata?»

Avevo capito dove mi trovavo perché davanti a me, il mento poggiato sulle dita intrecciate delle mani e i gomiti sulla scrivania, c'era un uomo robusto sulla cinquantina in divisa da poliziotto. Ero al commissariato. Non potevo sbagliare. L'avevo visto tante volte nei telefilm polizieschi. L'agente ci ascoltava, ma senza intervenire. Doveva essere abituato a quel tipo di incontri tra genitori e figli, perché di tanto in tanto le sue palpebre si chiudevano.

Avevo un feroce mal di testa e soltanto dopo avere ascoltato il resoconto del poliziotto ai miei genitori riuscii a mettere in sequenza i fatti di quella notte.

L'arrivo dell'ambulanza, la corsa al pronto soccorso e le condizioni di quel ragazzo avevano allertato la polizia che, giunta sul posto, aveva incominciato a interrogare uno per uno tutti i presenti. Poiché nessuno sapeva chi fossi, non avevo più lo zaino e non ero in me, fui identificata soltanto più tardi, al commissariato, appunto.

Non trovandomi in casa alle sette di mattina, l'ora in cui mi alzo per andare a scuola, la mamma aveva telefonato alla polizia, descrivendo il mio aspetto e dando le mie generalità. Il tutto in uno stato di grande agitazione, immagino, tant'è che quando ci ripenso, ancora adesso, a distanza di tanto tempo, mi viene la pelle d'oca per averle causato una simile angoscia.

Quell'esperienza ebbe due conseguenze. La prima, positiva, fu che ottenni di trasferirmi a casa della nonna a tempo indeterminato, come già era nei miei piani. Appena mettevo piede in una delle due case, quella di papà e quella di Ugo, mi sentivo soffocare. Mi mancava l'aria. Solo spalancando le finestre o scendendo in strada, dove pure in quel periodo si registravano tassi di inquinamento altissimi, riuscivo a trovare un qualche sollievo.

Il porto sicuro per me in quel periodo era nonna Chiara che, comprensiva come sempre e contraria alla separazione dei miei genitori, mi accolse con affetto e lasciò che sistemassi come volevo quella che era stata la stanza di mamma.

La seconda conseguenza, meno allettante, fu che mi costrinsero a frequentare *un gruppo terapeutico per adolescenti problematici*. Io non volevo andarci, anche perché problematici per me erano i miei genitori con i loro rispettivi partner, non io, che avevo dovuto subire le loro decisioni.

Ma Ugo aveva molto insistito con la mamma. Origliando alla porta del soggiorno mentre parlottavano lo avevo sentito dire più o meno queste parole:

«Questa ragazza continuerà a darci del filo da torcere. È ribelle. Intrattabile. Bisogna intervenire subito. La mala erba va estirpata sul nascere prima che si diffonda. Non voglio che tua figlia abbia una cattiva influenza su Carletto». Con quest'ultima dichiarazione perentoria era riuscito a mettere mamma con le spalle al muro. Mai infatti avrebbe voluto il male di Carletto, la cui madre se ne stava chissà dove. E così mi riaccompagnò dalla psicologa per la terza volta.

Dopo avere ascoltato con un'espressione preoccupata le storie della torta di compleanno, della fuga di notte e del rave all'hascisc, Barbara mi suggerì di intraprendere una terapia di gruppo insieme ad altri ragazzi:

«Si è tutti insieme, gli altri ascoltano i tuoi problemi, tu ascolti i loro e i progressi sono più rapidi».

Avrei preferito riprendere il violino, che avevo abbandonato mio malgrado, ma dopo quello che era successo non avevo molta scelta. Mamma, incalzata da Ugo e preoccupata anche per Carletto, insistette per iscrivermi al gruppo. Papà, ormai assorbito dalla nuova famiglia, non mi venne in aiuto. Fui costretta ad accettare, sia pure contro voglia.

«Sei fortunata, c'è ancora un posto libero!» mi disse Barbara incoraggiante. «È la prima volta che organizzo un gruppo di ragazzi, ma avrò un supervisore molto bravo. È stato mio maestro alla scuola di specializzazione in psicoterapia di gruppo e ha una lunga esperienza».

Avevo quindici anni, due settimane e un giorno quando entrai a far parte di quel gruppo.

Terapia di gruppo

Con me il gruppo era composto da otto ragazzi, quattro maschi e quattro femmine. Il numero minimo per poter funzionare. Tutti tra i quattordici e i diciassette anni. Lo conducevano due psicologi: Barbara, che conoscevo, e Arturo, il supervisore. «Dateci del tu» ci avevano chiesto come prima cosa, nel presentarsi.

Con Barbara fu facile, un po' più difficile con Arturo, che ci metteva un po' in soggezione. I suoi occhi, scuri e penetranti come spilli, riuscivano a farti sentire sotto esame anche se non avevi nulla da nascondere. I capelli, grigi, lisci, radi ma lunghi, erano legati a coda di cavallo. Su entrambi gli avambracci aveva un tatuaggio. Intorno al destro si attorcigliava un nome – Jacob Levi Moreno – inventore, come seppi in seguito, dello psicodramma. Il sinistro era invece avvolto in un mandala colorato a forma di losanga. Arturo ci spiegò che era uno dei simboli disegnati di suo pugno dallo psicoanalista Gustav Jung e intendeva esprimere il bisogno di trovare un ordine nel caos.

Barbara era come sempre, attenta in alcuni momenti e un po' svagata in altri. Scoprii che il suo abbigliamento preferito, quando faceva terapia di gruppo, era costituito da una gonna larga e colorata, lunga fino alle caviglie, e da una camicetta di seta – verde, rosa o nera – dalle maniche a sbuffo. Invece dei tacchi a spillo che portava quando era nel suo studio, qui indossava delle ballerine a punta fermate da un laccetto di strass intorno alla caviglia.

Arturo era alto all'incirca un metro e ottanta. Voce stentorea. Fisicamente era in forma, sembrava abituato a fare ginnastica tutti i giorni. Barbara accanto a lui sembrava ancora più piccola. Lei aveva una voce calda, pacata e il solito tic che avevo notato durante le sedute individuali: nei momenti di massima tensione si arricciava intorno a un dito una delle ciocche di capelli che le ricadevano sulle spalle.

Il mio primo impatto con quello che gli psicologi chiamano 'setting terapeutico' fu negativo. Molto negativo. Estremamente negativo. Non ci sarei tornata, se mamma non avesse preso molto seriamente l'impegno di portarmici in auto tutte le volte, nonché di venire a riprendermi alla fine della seduta per poi recapitarmi a casa di nonna. Continuavo a considerare un'ingiustizia dover essere io in cura per la separazione dei miei genitori, e per tutte quelle odiose conseguenze che ne erano derivate.

Erano stati loro a separarsi. Erano stati loro a introdurre nella mia vita personaggi non richiesti come Gina, Piera, Ugo, Massimo e Carletto, di cui avrei fatto volentieri a meno. Se qualcuno doveva andare in terapia erano gli adulti, certamente non io. E siccome di questo ero convinta, me ne stetti sulle mie per tutto il primo incontro, senza rispondere ai tentativi degli psicologi di farmi parlare, senza intervenire, senza prendere parte a un giochino che Arturo e Barbara avevano organizzato per coinvolgerci.

Il giochino, per la cronaca, si chiama 'la sedia vuota'. In pratica ti fanno sedere di fronte a una sedia vuota e tu puoi dire tutto quello che ti passa per la mente. Devi immaginare che su quella sedia stia seduto qualcuno che odi, o con cui hai litigato, oppure che rimpiangi perché ti ha mollato. Ma può anche essere una persona che ti piace, a cui vuoi bene, di cui sei innamorato (e magari non riesci a dirglielo), oppure che non conosci ma che vorresti incontrare. Per esempio il tuo uomo ideale.

Altro trucchetto per farti parlare è quello di porti delle domande solleticanti del tipo: Qual è la serie televisiva che preferisci? Qual è l'hobby che pratichi di più? Qual è l'ultimo libro che hai letto? Raccontaci un episodio della tua vita che ti ha fatto tanto ridere. Uno che ti ha fatto piangere. Qual è il viaggio dei tuoi sogni? Mezzucci che si possono neutralizzare facilmente rispondendo con monosillabi o frasi brevissime. Gli psicologi non sono quasi mai insistenti. Solo qualche volta cercano di spingerti, quando hanno capito che sei lì lì per capitolare.

Anche gli altri sette ragazzi, d'altronde, se ne stavano ingrugnati, ognuno per sé, per nulla intenzionati a collaborare e men che meno a interagire con gli altri. Non avevamo nessuna intenzione di fraternizzare e ci guardavamo in cagnesco. Nessuno di noi faceva parte del gruppo per decisione personale e non ci interessava conoscerci. Ci trovavamo in quel tipico stato d'animo che ti fa sembrare antipatici tutti coloro che ti stanno accanto, per il semplice fatto che ti stanno accanto.

Anche se all'inizio non c'era nessuna confidenza fra di noi, già dai primi incontri era cominciato a circolare un pettegolezzo. Ovvero che nel gruppo ci fosse un feticista. Io non avevo mai sentito quella parola e per un po' non capii né a chi si riferiva quella voce né di che tipo fosse il problema. Certo dal modo in cui i maschi pronunciavano quella parola, sottovoce e sghignazzando, sembrava qualcosa di malato. Alla fine scoprii che un feticista è una persona che si eccita (sessualmente) indossando della biancheria intima dell'altro sesso, e che il personaggio incriminato era Alessio. Quattordici anni e mezzo. Anche lui ingrugnato come tutti noi, inserito nel gruppo contro la sua volontà.

A quanto pareva, sotto la felpa Alessio indossava una camiciola rosa di seta, bordata di pizzo, che gli arrivava fino all'inguine. L'aveva intravista Quang in bagno, mentre facevano pipì uno accanto all'altro: «Una specie di sottoveste delle nonne, ma più corta» aveva riferito a Riccardo, che poi aveva sparso la voce.

Forse per lanciare una provocazione, Riccardo alla seduta successiva era arrivato anche a ripetere quel fatto davanti a tutti, mentre stavamo seduti in cerchio sul grande tappeto. E un effetto lo aveva ottenuto, perché alla battuta bisbigliata sottovoce da Quang «Così può farsi le seghe dovunque si trovi» eravamo scoppiati tutti in una di quelle risate irrefrenabili che continuano da sole, anche quando si vorrebbe smettere perché ci si sente quasi male.

Barbara e Arturo, presi alla sprovvista, avevano preferito non entrare in argomento. Si erano limitati a lasciarci il tempo necessario per esaurire quella nostra stupida risata. Arturo scuotendo la coda di cavallo. Barbara rigirando una ciocca di capelli intorno a un dito.

Lui, Alessio, era rimasto zitto e imperturbabile. Cosa che mi aveva riempita di ammirazione. Non si era unito alla nostra risata, ovviamente, e non aveva detto una sola parola; ma io gli stavo accanto e avevo visto, guardandolo di striscio, affacciarsi un luccicone tra le ciglia bionde dell'occhio destro. Lui però lo aveva trattenuto, evitando così che si trasformasse in una lacrima vera e propria.

Da quel momento mi schierai idealmente dalla sua parte. Avevo capito che un segreto gli mordeva il cuore, e che lui preferiva tenerselo per sé. Non si fidava di noi, o più semplicemente voleva mantenere nascosta una cosa troppo intima per poterla raccontare.

Alessio preferiva che noi lo considerassimo un feticista, dominato da una perversione, piuttosto che lo obbligassimo ad abbandonare quella sua bizzarra abitudine.

Gli incontri del gruppo terapeutico si svolgevano ogni giovedì, nel pomeriggio. Potevano durare due ore come due ore e mezza, perché ad Arturo non piaceva «essere incalzato dal tempo» come dichiarava ogni volta con piglio autorevole.

Credo che in quel modo volesse sottolineare che il suo comportamento era l'esatto contrario di quello di alcuni suoi colleghi, che allo scadere dei cinquanta minuti congedavano il paziente anche se si trovava nel bel mezzo di una riflessione importante. Ma di questo genere di scazzi tra psicologi a noi poco importava.

Noi ragazzi sedevamo su un grande tappeto a pelo lungo, color nocciola, contrassegnato da tre cerchi scuri concentrici. Oppure su sgabelli di bambù sistemati a semicerchio intorno al tappeto.

Dopo i saluti, Barbara e Arturo ci ricordavano, ogni volta, che tutto ciò che sarebbe emerso nel corso della seduta doveva restare tra di noi e non essere riportato fuori dal gruppo, nemmeno con i nostri amici e familiari.

«Tutti d'accordo?» chiedevano, e noi alzavamo la mano per confermare.

«Allora, uno per tutti!»

«Tutti per uno» rispondevamo in coro. Nelle prime sedute con scarsa convinzione, poi sempre più coinvolti.

Barbara e Arturo ci chiedevano poi se volevamo raccontare una nostra esperienza o riflettere su qualcosa. Se nessuno si faceva avanti erano loro a indicare l'argomento.

Una volta individuato, il tema poteva sfociare in una discussione oppure in un 'gioco' – come quello della sedia vuota – da svolgere all'interno del cerchio, che fungeva da palcoscenico. C'erano molti giochi diversi, come 'Il mio idolo', 'Di chi è la colpa?', 'Rifugio segreto', 'Le parole non dette', 'Nei tuoi panni', 'Domani ricomincio', 'Cerca la via d'uscita', 'Cosa farò da grande'.

Il primo, che doveva servire 'per sciogliercì', era 'Muoviti a occhi chiusi e… vieni con me'.

Formammo quattro coppie in ordine sparso. A me toccò Riccardo, sedici anni. Bel ragazzo, ma poco collaborativo.

Alla partenza uno dei due toccava con le mani il compagno, che doveva lasciarsi portare in giro a occhi chiusi. Ogni coppia poteva muoversi liberamente nella stanza, seguendo un ritmo musicale, senza mai perdere il contatto. Dopo tre o quattro minuti, Barbara batteva le mani e i ruoli si invertivano. A gioco ultimato ci chiesero in quale dei due ruoli ci eravamo sentiti più a nostro agio.

«In nessuno dei due» rispondemmo tutti quanti, segno evidente che non ci eravamo affatto sciolti, e men che meno che ci fidavamo gli uni degli altri.

Il gioco preferito dai nostri 'trainer', un'altra parola con cui amavano definirsi, era lo psicodramma. Una recita basata su momenti della vita di qualcuno di noi, su ricordi belli o brutti, su sogni ricorrenti che potevano svegliarci nel cuore della notte, ma anche su pensieri fissi, manie, tic oppure su sentimenti belli e solari come la gioia, l'amore, l'amicizia.

Queste erano alcune delle trame del lavoro di gruppo, che però al terzo incontro stentava ancora a partire. Tutti zitti. Ognuno rinchiuso in se stesso. Qualcuno arrabbiato. Qualcun altro distratto, oppure annoiato.

«Apritevi» insisteva Arturo con il suo vocione stentoreo, «sentitevi liberi di dire e di fare quello che volete, non dovete avere paura di esprimervi, di buttare fuori le tossine che avete dentro».

«Capita a tutti, non solo a voi, di trovarsi nel bel mezzo di un conflitto, di soffrire, di sentirsi incompresi, maltrattati o abbandonati. Non siete speciali» aggiungeva Barbara tormentandosi i capelli.

«E ricordatevi che quello che dite resterà tra noi. Non uscirà da questa stanza» ci tranquillizzava Arturo. Noi però non gli credevamo.

Perché mai avremmo dovuto raccontare i fatti nostri a persone che neppure conoscevamo? Perché mai mettere in piazza le nostre magagne? Perché parlare male di noi, dei nostri genitori, amici o fratelli? Se non se ne parla, pensavo, le cose hanno meno valore. A poco a poco perdono forza e virulenza. Meno se ne parla e meglio è. Se non se ne parla, gli altri non sanno e non ci giudicano. E così i primi tre incontri furono contrassegnati da lunghi silenzi, risposte monosillabiche, colpi di tosse e clamorosi sbadigli.

Tutti quanti avevamo delle storie personali ingarbugliate, ma nessuno voleva sgarbugliarle davanti agli altri. Nessuno voleva condividere ricordi intimi e personali. Riccardo si rifiutò categoricamente di parlare di un incidente che gli era capitato e della bizzarra abitudine che ne era seguita.

Men che meno voleva parlare Mosi, sbarcato in Sicilia come profugo minorenne non accompagnato, senza conoscere una sola parola di italiano, con un dente di pescecane legato al collo come portafortuna e un bongo, regalatogli da un prete, che di tanto in tanto portava con sé come se fosse un orsacchiotto.

Arturo e Barbara ci dicevano che non eravamo obbligati a parlare dei fatti nostri, ma sapevano che prima o poi qualcuno avrebbe incominciato. E così avvenne.

Il primo fu Quang, quindicenne vietnamita adottato da una coppia italiana all'età di un anno. Era già fuggito due volte da casa, perché voleva tornare in Vietnam «tra la gente della mia razza». In quel periodo era in affido temporaneo presso una famiglia di origine cambogiana. I suoi genitori e il fratellino andavano a trovarlo ogni sabato pomeriggio, nella speranza che si decidesse a tornare da loro.

Ce ne stavamo tutti zitti, seduti sul tappeto color nocciola, quando Arturo con fare deciso si diresse verso Quang, gli tese la mano e indicandogli il centro del tappeto disse: «Vieni, Quang, qui al centro, e raccontaci di te».

Colto di sorpresa, dapprima Quang finse di non aver sentito, ma Arturo insistette, e così si decise a spingersi lentamente verso il centro del tappeto, strisciando sui gomiti e sulle ginocchia, come i marines dei film che tra fango e filo spinato cercano di introdursi non visti in territorio nemico.

Noi ragazzi scoppiammo a ridere, Arturo e Barbara invece rimasero impassibili.

«Beh, che devo fare, colonnello?» domandò Quang con aria strafottente, quando fu arrivato al centro del tappeto.

«Parlaci di te, del perché vuoi andare in Vietnam, perché non vuoi più stare con noi in Italia».

Lui per un po' rimase sdraiato al centro del cerchio, zitto e immobile. Poi, quando ormai incominciavamo a perdere la speranza di sentire la sua voce, prese a parlare. Le parole furono più o meno queste:

«Non è che non voglio più stare in Italia, è che sono diverso dai miei genitori adottivi e da mio fratello piccolo, che è figlio loro, e tutti lo notano. Lo notano a scuola, nei negozi, in strada, in piscina, sull'autobus, a messa, lo notano ovunque. Guardano me, poi guardano mio fratello... guardano i miei genitori e poi di nuovo me e mio fratello... e poi ancora i miei genitori... Lui, mio fratello, ha la carnagione bianchissima e i capelli ricci e fini. I miei occhi sono neri come la pece, i suoi di un azzurro imbarazzante. A lui la gente sorride, a me no. Mi fissano. Quando ero più piccolo non me ne accorgevo, ma ora mi dà fastidio. Non lo sopporto. 'Tu sei orientale' mi dicono, 'sei diverso da noi'. Quando sto seduto sul bordo della piscina, al corso di nuoto, certi ragazzi mi dicono cose antipatiche, tipo che vengo da un paese dove fa molto caldo e la gente è cattiva. Io voglio andare in Vietnam per vedere com'è veramente quel paese e come sono gli abitanti... se sono buoni o cattivi, belli o brutti...». Dopo aver guardato tutto intorno e averci soppesati uno a uno con ostilità concluse: «Anche voi mi state guardando fisso, come se fossi un marziano». Non era vero, ma quella era la sua paranoia.

Fu chiaro a tutti noi che scopo della terapia era fargli accettare la sua condizione di figlio adottivo e insegnargli come rispondere ai coetanei rompiballe.

Ormai il ghiaccio era rotto, e la seconda a capitolare fu Stella. Quindici anni anche lei. Timida come tutti noi.

Sulla testa una nuvola bionda formata da centinaia di riccioli morbidi, leggeri come piume.

Ogni volta, prima di iniziare, Barbara ci ripeteva che non eravamo obbligati a parlare e che potevamo anche scegliere, al termine dell'incontro, di fare una seduta individuale con lei. Ma questo non accadde mai.

Lo psicodramma

Stella era oppressa da un tormentoso senso di colpa. Era stata lei, anni prima, a testimoniare in tribunale che il suo papà picchiava la mamma e ancora non aveva superato lo shock.

Una storia complicata, quella di Stella: rimasta orfana di mamma dall'età di sei mesi, era cresciuta con il papà, la matrigna – a cui era molto affezionata – e un fratellino, Marcello, nato dalle seconde nozze del padre.

Quando Stella aveva sette anni i suoi genitori avevano deciso di separarsi e la matrigna aveva convinto Stella a testimoniare contro il padre, accusandolo di violenze nei suoi riguardi. La matrigna le aveva raccontato di botte ricevute nel cuore della notte, quando lei e Marcello dormivano e non potevano sentire. Le aveva anche fatto alcune descrizioni dettagliate di schiaffi ricevuti sul viso, sulle orecchie e sul naso con perdite di sangue.

I racconti della matrigna erano così realistici e impressionanti che Stella aveva avuto la sensazione di avere assistito realmente ad alcune di quelle violenze. La matrigna le aveva addirittura fatto imparare a memoria le parole da dire durante l'incidente probatorio e da ripetere davanti al giudice dei minori. E così aveva fatto. Il padre era stato accusato di violenze alla madre e allontanato dalla famiglia.

Sembrava che tutto fosse ormai sistemato per il meglio, ma la situazione familiare aveva preso una brutta piega. La prima reazione negativa era stata di Marcello, che ritrovandosi senza il suo papà si era chiuso in un improvviso e ostinato mutismo. A nulla erano valsi i tentativi di Stella e della mamma per farlo parlare. E neppure quelli degli zii, del pediatra e dello psicologo della Asl. Marcello ce la metteva tutta, spalancava la bocca, tirava fuori la lingua, scuoteva la testa a destra e sinistra, faceva dei versi gutturali, ma non riusciva più a pronunciare delle parole complete, dotate di senso.

Aveva ripreso a parlare dopo un anno o poco più, non però in maniera fluida, ma inciampando spesso, come se fosse sempre insicuro di ciò che stava dicendo e temesse di non essere capito.

A Stella avevano spiegato che il padre si era comportato male nei confronti della moglie ed era stato giustamente condannato. Inizialmente aveva cercato di dimenticare, di non pensarci più. «Bisogna andare avanti» le aveva detto la matrigna in presenza dell'avvocato, «hai fatto la cosa giusta e non hai nulla da rimproverarti. Hai testimoniato che papà mi picchiava e il giudice ti ha creduta. Punto».

A volte però non riusciva a impedirsi di ritornare con la mente ai ricordi dei momenti felici con il padre, le risate, gli scherzi, le coccole, i giochi insieme. In quei momenti andava a cercare, di nascosto, le vecchie foto fatte sulla spiaggia con papà e a Marcello. In uno scatolone c'erano anche, ammucchiate in disordine, delle foto in cui papà e la matrigna si abbracciavano, oppure erano allegri con un gruppo di amici. Stella le osservava a lungo per capire quando tutto si era guastato, come e perché. Così a poco a poco aveva incominciato a dubitare della versione della matrigna e dell'avvocato. A ben pensarci, il papà era sempre stato un uomo pacifico, che odiava la violenza. Poteva alzare la voce di tanto in tanto, perché quello era il suo carattere. Poteva anche dare una leggera sculacciata se perdeva la pazienza, ma ai bambini, a lei e a Marcello quando facevano i capricci, non certo alla moglie.

Col trascorrere del tempo quei dubbi erano diventati certezze. Nella mente di Stella si era fatta strada l'idea che i suoi genitori si erano divisi per questioni di cui lei non era a conoscenza, certamente però non perché papà avesse picchiato la moglie. Il processo era frutto di un'astuzia della matrigna, che con i suoi racconti dettagliati era riuscita a inculcarle nella mente dei falsi ricordi e la convinzione che certe cose fossero accadute realmente quando non erano mai avvenute.

«È una cosa che può succedere» ci spiegò Arturo, «avere l'impressione che un fatto sia realmente accaduto, quando invece ne abbiamo soltanto sentito parlare o lo abbiamo visto rappresentato su uno schermo con tutti i suoi vividi dettagli, magari all'interno di una serie TV che ci ha coinvolti e appassionati. E si verifica ancora più facilmente se a raccontarlo è una persona a cui abbiamo dato completa fiducia e se quei fatti, che sono verosimili perché sarebbero potuti accadere, ma non sono veri perché non sono accaduti, suscitano in noi delle emozioni molto intense».

Stella aveva cercato più volte di tornare sulla questione, ma la matrigna non voleva sentirne parlare. «È acqua passata» ripeteva come un mantra.

I ricordi però si facevano sempre più nitidi e lei non voleva ignorarli. «Voglio incontrare papà. Devo parlargli!» urlò un giorno al colmo dell'esasperazione. «Voglio sapere che cosa è successo veramente. Devo dirgli che gli ho sempre voluto bene. Che ho ripetuto, come un pappagallo ammaestrato, quello che tu e l'avvocato mi avevate detto di dire. Devo andare a trovarlo, se no impazzisco!»

L'incontro non c'era stato perché il padre, dopo la separazione, dopo essere stato allontanato e dopo aver risarcito la moglie con una somma di denaro stabilita dal giudice, si era trasferito in Germania e di lui si erano perse le tracce. Stella però si era sfogata in un tema a scuola e l'insegnante aveva segnalato la vicenda alla psicologa scolastica. Da qui la presenza di Stella nel nostro gruppo terapeutico.

Questa fu la prima storia su cui Arturo e Barbara organizzarono uno psicodramma. A me fu assegnata la parte di Stella che testimoniava in tribunale, quella della matrigna che la convinceva ad accusare il padre se la contesero per qualche minuto Valeria e Gianna, le altre due ragazze del gruppo, poi però intervenne Barbara: «È una parte impegnativa» disse scambiando uno sguardo di intesa con Arturo, «è meglio che come prima esperienza sia io a occuparmene». A Riccardo fu assegnata la parte del padre, che prima veniva allontanato da casa e poi se ne andava in Germania, e a Mosi quella di Marcello che aveva perso la parola a quattro anni. Una parte perfetta per lui, che spesso non capiva quello che dicevamo. Arturo assunse la parte dell'avvocato che suggeriva alla matrigna le parole da far recitare a Stella in tribunale.

Quella rappresentazione fu per tutti noi un momento di grande partecipazione. Io, Riccardo e Mosi ci impegnammo al massimo per entrare nelle nostre parti. Stella, che ci seguiva come pubblico, cercava di mostrarsi impassibile, ma un rossore intenso sulle guance e sulla punta delle orecchie tradiva una forte tensione. Barbara, nella parte della matrigna, cercò di essere distaccata e imparziale, anche se col dito indice si attorcigliava di tanto in tanto i capelli. Arturo, nelle vesti dell'avvocato, suscitò con il suo intervento le proteste di tutti noi, che ormai ci eravamo completamente calati nella storia.

Questa immedesimazione nella vicenda di Stella ebbe l'effetto miracoloso e del tutto inaspettato di creare un gruppo unito e solidale. Sentimmo la fiducia scorrere in mezzo a noi come una corrente fresca, rigenerante e nuova. Fu una sensazione bellissima perché condivisa da tutti.

Persino Mosi, che capiva poco o niente di quello che dicevamo, era molto compreso nella sua parte. Al termine della recita circondammo Stella per esprimerle la nostra vicinanza. Valeria e Gianna l'abbracciarono stretta. Riccardo le posò una mano su una spalla. Io le accarezzai una guancia. Quang infilò delicatamente una mano tra i suoi morbidissimi capelli tanto diversi dai suoi. Alessio esclamò: «Come ti capisco!»

«Ah, la forza dello psicodramma! Grande tecnica lo psicodramma!» esclamò trionfante Arturo, alzando le braccia al cielo. Poi, lentamente, senza un motivo apparente, portò entrambe le mani alla nuca, slegò la coda di cavallo e scuotendo il collo lasciò che i suoi capelli radi ma lunghi rifluissero fino alle scapole.

Dopo di allora tutto, all'interno del gruppo, divenne più scorrevole. Potevamo parlare senza timore. Continuavamo a essere un po' imbranati nel mettere in piazza le nostre magagne, ma ormai ci sentivamo al sicuro, capiti e sostenuti dai nostri amici. Fu allora che Riccardo si decise a spiegarci il motivo delle ferite che aveva sulle braccia.

Gli psicologi ci avevano proposto il gioco chiamato 'Disegna la tua zona buia'. Al centro del tappeto avevano sistemato un tavolo e tutt'intorno le sedie. Barbara aveva distribuito a ognuno di noi un foglio e alcune matite colorate. Ci aveva poi invitato a cinque minuti di silenzio, per metterci in contatto con quella parte di noi che vivevamo come una zona buia, poco conosciuta o che preferivamo tenere nascosta perché ci imbarazzava. Subito dopo ognuno doveva disegnare questa parte oscura di sé, in modo totalmente libero: la 'zona d'ombra' poteva essere rappresentata con qualsiasi immagine ci affiorasse alla mente, animali, oggetti, masse informi, volti umani.

Alessio, Quang, io e Gianna restituimmo il foglio immacolato come lo avevamo ricevuto. Stella, dopo aver fatto alcuni ghirigori, strappò il foglio. «Non so disegnare» e buttò i frammenti nel cestino.

Riccardo, Valeria e Mosi invece disegnarono qualcosa. Riccardo un braccio sanguinante. Valeria una mummia. Mosi due leopardi che si azzannavano.

Il disegno più bello era quello di Mosi. La rappresentazione dei leopardi era molto realistica.

«Sei un artista!» commentò Barbara. «Sembra una fotografia. I musi dei leopardi sono perfetti. Nei corpi c'è del movimento. Si intuisce lo scatto dei muscoli. Li si vede saltare. Dove hai imparato a disegnare così?»

«No imparato. Sogno la notte» fu la sua risposta misteriosa.

Il disegno passò di mano in mano e tutti convenimmo che Mosi aveva del talento.

Con dei gesti e qualche parola io e Gianna gli chiedemmo se sapeva disegnare anche altri animali e lui, felice per la richiesta, con pochi e rapidi tratti fece due schizzi, un bufalo e un elefante, che ci regalò.

«Iniziamo da te, Riccardo» tagliò corto Arturo.

Il tavolo che era servito per disegnare fu spostato di lato e al centro del tappeto Arturo collocò una sedia per Riccardo.

«Parla liberamente» disse Barbara. «Nessuno ti giudica, vogliamo soltanto aiutarti».

«Be', non è così semplice» rispose lui irritato.

«Sei tra amici» lo rassicurò Barbara. «Nulla di quello che dici uscirà di qui».

«Sì, vabbe' se proprio volete saperlo... ho causato un incidente». Lo disse con rabbia, come se dovesse provocarci.

Nessuno di noi fiatò.

«Un incidente. Che tipo di incidente?» lo incoraggiò Barbara.

«Sono andato a sbattere col motorino e mio fratello ha perso l'uso del ginocchio».

Rimanemmo tutti col fiato sospeso.

«Capisco. È doloroso. Se preferisci rimandiamo a un'altra volta, oppure ne parliamo in una seduta individuale».

«Ormai ve l'ho detto. Mio padre non voleva che prendessi il motorino. Io l'ho preso di nascosto e ho convinto mio fratello, quello piccolo, a sedersi dietro. Siamo scivolati in curva in una delle buche di cui è costellata la città... io non mi sono fatto niente, lui invece...»

Nessuno osava parlare. Solo Mosi chiese: «Come sta ginocchio?», perché non aveva capito bene che cosa era successo.

«Eee... il fatto è che era bravissimo nella corsa, si stava allenando per le gare regionali... ora non può più correre, cammina lentissimo, solo con le stampelle, e tutto per colpa mia».

«E delle buche...» borbottò Quang cupissimo in volto.

A me e a Gianna vennero le lacrime agli occhi. Tutti gli altri erano impietriti.

«Braccio con sangue, no ginocchio» puntualizzò Mosi riferendosi al disegno.

«È il mio modo di reagire. Lo faccio in bagno, con

una lametta. Mi taglio, sì, mi taglio il braccio… si chiama *cutting*, è una parola inglese». Il tono era di nuovo rabbioso.

Barbara annuì.

«Il sangue non mi impressiona. So di fare una cosa strana, che gli altri giudicano stupida, ma il dolore mi fa bene».

«Come, ti fa bene?!» esclamò Stella.

«Il sangue esce dalla ferita… caldo, rosso… mi sento meglio… mi scarica».

«No male?» chiese Mosi.

«Fa male, certo che fa male… ma…»

«O fa male o fa bene. Come può far bene se fa male?» Stella, confusa, agitò tutti insieme i suoi riccioli d'oro.

«Forse il dolore che provi ti fa sentire vicino a tuo fratello» suggerì Barbara.

«Forse…» Riccardo scosse la testa, come per scacciare un brutto pensiero. «Quando penso che mio fratello non può più correre, quando sento che sto per dare di matto… quando vorrei spaccare il mondo, questo è quello che mi viene da fare».

«Meglio spaccare un oggetto, dare pugni a un tizio che ti sta antipatico piuttosto che affettarsi in quel modo» borbottò Quang.

Riccardo fece una lunga pausa, scostò con la mano un ciuffo di capelli che aveva sugli occhi, poi pronunciò una frase che ci sembrò priva di senso ma che invece ci fece pensare: «Il dolore cancella il dolore».

E come per provare che quanto stava dicendo aveva un senso, appallottolò una manica della camicia fino al gomito. Il braccio sinistro era ricoperto da cicatrici di diversa lunghezza e profondità.

Quelle cicatrici ci colpirono e ammutolirono. Eravamo tutti quanti imbarazzati. Restammo pensosi in silenzio per un bel po', fino a quando Barbara non intervenne per spiegare: «Il dolore fisico è più sopportabile del dolore morale».

«...e lo caccia via» completò Valeria.

«Lo caccerà anche via, però il braccio di Riccardo è un colabrodo... è tutto rovinato. Soltanto un tatuaggio dal gomito fino al polso potrà nascondere quei tagli... così irregolari e bozzoluti» notò Quang con un'espressione di disgusto sul viso.

«Vorrà dire che il tatuaggio glielo farà un artista» intervenne Gianna con una nota di ottimismo.

«Non ci penso nemmeno a farmi tatuare!» rispose scorbutico Riccardo.

«Ma era proprio necessario conciarsi a quel modo? Non potevi fare qualcos'altro?» insistette Quang.

«Cos'altro avrebbe potuto fare?» intervenne Barbara rivolta al gruppo.

«Fare qualcosa insieme a suo fratello» azzardò Valeria.

«Per esempio?» sollecitò Barbara.

«Suo fratello non può più correre, ma forse può nuotare...» suggerì Valeria con il coraggio che la contraddistingueva.

«Può nuotare tuo fratello?» chiese Barbara a Riccardo.

«Sì, nuotare può, anche se il suo sport preferito era la corsa».

«E tu nuoti?» proseguì Barbara.

«Nuoto, sì, nuoto. A tempo perso, però».

«Potreste allenarvi insieme, magari si appassiona...»

Riccardo non rispose, ma a tutti noi fu evidente che ci stava pensando.

«Fare, fare qualcosa di costruttivo insieme. È questa la soluzione» concluse Arturo. «Ragazzi, vogliamo alzarci in piedi e fare un bell'applauso a Riccardo per essere stato così aperto e sincero con noi, per averci dato così tanta fiducia e averci insegnato cose importanti?»

Riccardo, per il tipo che è, avrebbe fatto volentieri a meno dell'applauso. «Che cavolata» lo sentii borbottare.

Da totali estranei, sospettosi e ostili quali eravamo stati all'inizio, ormai ci sentivamo vicini. Eravamo pronti ad ascoltarci, a immedesimarci gli uni nei problemi degli altri. Senza sbeffeggiarci e senza offenderci. Se all'inizio nessuno di noi voleva partecipare agli incontri, esporsi agli occhi degli altri, ora tutti quanti aspettavamo il giovedì pomeriggio per ritrovarci. Se non ci tenevamo in contatto durante la settimana era soltanto perché Barbara e Arturo ci avevano raccomandato di non farlo, per evitare interferenze con la terapia di gruppo.

La mummia

Nell'incontro successivo fu la volta di Valeria, che ci raccontò quello che le era successo a quattordici anni, quando abitava ancora con la mamma. Da circa un anno e mezzo infatti viveva da certi parenti, cugini del padre (che purtroppo era morto anni prima).

Antonio e Giovanna, i parenti di Valeria, non avevano avuto figli e l'avevano accolta volentieri. Erano brave persone, ma avevano superato tutti e due i sessant'anni ed erano esageratamente religiosi. Un po' fanatici. La obbligavano a recitare le preghiere tre volte al giorno, andare a messa ogni domenica e festa comandata, nonché recitare il rosario con loro ogni domenica pomeriggio. Cinque decine di avemarie più le interminabili litanie.

Questo eccesso di preghiere pesava molto a Valeria e la faceva sentire un pesce fuor d'acqua in quella casa, non perché non credesse in Dio e nell'aldilà – di Dio e dell'aldilà le avevano sempre parlato anche i suoi genitori – ma perché quel tipo di vita era troppo noiosa per una ragazza della sua età. Una bella ragazza, tra l'altro, con un caschetto di capelli neri e due occhi verdi da gatto. Pregare va bene, ma non può essere una fissazione, pensava Valeria.

Per sottrarsi a quel tran-tran e animarsi un po' la vita Valeria aveva incominciato a frequentare un ragazzo, Giggi, più grande di lei di quattro o cinque anni, che faceva il pasticcere. Giggi era un giovane allegro e intraprendente. Tanto intraprendente che una notte era stato sorpreso da Antonio nella stanza di Valeria. Anzi, per dirla tutta, proprio nel letto di Valeria, nudo come un verme.

Senza troppi imbarazzi, Giggi si era avvolto un asciugamano intorno ai fianchi e aveva spiegato ad Antonio che era passato di lì per portare a Valeria delle paste alla crema appena sfornate – erano i suoi dolci preferiti – e prendendo il vassoio le aveva offerte anche a lui. Lì per lì, Antonio aveva preso educatamente un bignè al cioccolato, che aveva molto lodato, ciononostante nei giorni successivi, d'accordo con Giovanna, si era rivolto a Barbara per un consiglio.

Antonio e Giovanna erano molto pii, molto osservanti, erano però anche convinti che tutto ciò che esiste in natura è voluto da Dio e in quanto tale non può essere veramente cattivo. Anche loro avevano fatto sesso nella speranza di avere dei figli, ma non sapevano come parlare di quell'argomento con un'adolescente di una generazione così diversa dalla loro.

Non sapevano spiegare, né a se stessi né agli altri, quando il sesso da cosa buona diventa cosa cattiva e soprattutto temevano di non riuscire a controllare la vivacità di Valeria e quella del suo amico pasticcere. Temevano che Valeria potesse restare incinta oppure prendersi un'infezione o magari andarsene con Giggi, senza preavviso. Che Valeria si rimpinzasse di bignè alla crema era invece l'ultima delle preoccupazioni.

Il racconto di Valeria all'interno del gruppo non riguardava Giggi, ma il motivo per cui non viveva più con la mamma. Quando si decise a parlarne ci tenne tutti con il fiato sospeso.

Al ritorno da una gita scolastica non aveva trovato sua madre ad attenderla al pullman come al solito, ma era stata accompagnata a casa dalla mamma di un suo compagno. E una volta arrivata, aveva trovato la porta d'ingresso socchiusa.

Sentendola entrare, la mamma l'aveva chiamata dalla camera da letto: «Vieni, Vale... sono qui... vedrai una cosa.... ma va tutto bene».

Entrando in camera Valeria aveva visto sul grande letto matrimoniale una mummia, cioè sua madre avvolta in un lenzuolo, con la testa fasciata da bende bianche.

«Oddio, che spavento! Ma sei tu?»

«Certo che sono io...»

«Dovevi avvisarmi».

«Non volevo che ti agitassi».

La voce molto flebile non sembrava quella della mamma. Proveniva da una feritoia orizzontale posizionata nella parte bassa della testa, in corrispondenza della bocca. Nella parte alta c'erano altre due feritoie in corrispondenza degli occhi... più o meno.

«Che cosa è successo? Hai avuto un incidente?» aveva chiesto Valeria con un groppo in gola e il cuore a mille.

La mamma aveva bofonchiato qualcosa di confuso, che Valeria non aveva capito.

Aveva pensato a un'ustione gravissima, a schizzi di olio bollente mentre cucinava il fritto vegetale di cui era sempre stata ghiotta, o a un'esplosione della macchina del caffè lasciata troppo a lungo sul gas con la valvola tappata.

Era già successo una volta che la moka fosse esplosa in cucina, ma allora, per fortuna, accanto ai fornelli non c'era nessuno. Loro due erano in soggiorno, davanti alla tv. Avevano sentito un boato e per alcuni attimi erano rimaste ferme immobili, senza il coraggio di andare a vedere. Poi, tenendosi per mano e in punta di piedi, erano entrate in cucina. Il caffè era schizzato sul soffitto e sulle pareti, lasciando chiazze scure di tutte le forme e dimensioni, e le schegge di metallo della caffettiera erano sparse dappertutto.

«Che cosa è successo?» aveva ripetuto Valeria, con, in più, una punta di nervosismo.

Da sotto il lenzuolo la madre le aveva teso una mano. Valeria si era avvicinata e l'aveva presa tra le sue.

«Siediti» le aveva detto in un soffio, e lei titubante aveva ubbidito, appoggiandosi al bordo del letto.

Le faceva impressione guardarla e non sapeva cosa pensare.

«Nulla di grave» erano state le parole strascicate uscite dalla feritoia inferiore della testa fasciata. «Mentre eri in gita mi sono fatta togliere quella brutta gobba che avevo sul naso».

«Una brutta gobba sul naso?!» Valeria era esterrefatta.

«Sì, un piccolo intervento per migliorare il profilo» aveva bisbigliato lei.

«Un intervento estetico?»

«Già» aveva confermato la mamma.

«Non mi sono mai accorta che tu avessi una brutta gobba sul naso».

«Avrà una curva dolce, adesso» aveva borbottato la mamma. «Non ricordi che lo dicevo sempre, che avrei voluto eliminare quella protuberanza?»

«No, non ricordo. Hai un naso normalissimo, come il mio. Certo, non sarà un naso cinese, ma che ci azzecca un naso cinese su un volto occidentale! Diventa solo un naso rifatto».

«Ultimamente la gobba si era accentuata, forse perché l'estrazione di quei due molari mi aveva modificato la fisionomia».

Valeria l'aveva guardata sempre più perplessa, senza però poter vedere alcunché se non le bende inquietanti da mummia egizia.

«Alla radice del naso si era anche formato un lipoma, che stava crescendo...» La voce della madre si faceva sempre più flebile.

«Un lipoma? Che cos'è un lipoma?»

«Un tumore benigno che cresce sotto la pelle».

«Ma sei sicura che fosse un lipoma? Io non ho mai visto nulla».

«Sì, sì...» aveva risposto in un soffio.

«E dovevi toglierlo proprio adesso?»

«Se cresce sfigura il viso».

«E così insieme al lipoma ti sei fatta rifare il naso».

«Me lo ha consigliato il chirurgo».

«Un chirurgo estetico».

La testa bendata aveva fatto cenno di sì. Valeria era

sbalordita: mai avrebbe immaginato che sua mamma potesse rivolgersi a un chirurgo estetico.

«Vale, amore, non c'è nulla di male nel voler correggere i difetti, tante donne lo fanno... e con l'occasione mi sono anche fatta togliere quelle brutte zampe di gallina intorno agli occhi».

«*Zampe di gallina?*»

«Erano brutte, mi invecchiavano... non te ne eri accorta?»

«No, proprio no, non me ne ero accorta... e poi sai che ti dico? Ti stavano benissimo, a me piacevano».

«Dunque le avevi notate...»

«Non lo so se le avevo notate, dico solo che ti stavano bene».

Valeria, frastornata, cercava di osservare più da vicino il risultato dell'intervento, ma le feritoie erano troppo strette per riuscire a vedere qualcosa.

«Se me ne avesse parlato prima glielo avrei impedito» ci disse. «L'avrei convinta che non c'era nulla di sbagliato nel suo viso, che quelle rughe le stavano bene. Ma forse è proprio per questo motivo che non me ne ha parlato e ha aspettato che io fossi in gita scolastica per farsi operare».

Ogni tre giorni un'infermiera andava a controllare e a sistemare la fasciatura, ma anche Valeria aveva dovuto occuparsene. Per esempio, quando si alzava dal letto, 'la mummia' vedeva soltanto di fronte ma non di lato, quindi camminava lentamente e con difficoltà, appoggiandosi alle pareti per non perdere l'equilibrio. Per un po' di tempo aveva assunto soltanto cibi liquidi, che succhiava da una cannuccia.

Valeria era confusa ma intuiva che, lipoma a parte, quell'intervento costoso e doloroso doveva preludere a qualcosa di più importante per sua madre. Una svolta. Una trasformazione, non solo fisica. Non poteva essere soltanto un capriccio anche se, come aveva letto da qualche parte, chi è depresso può anche decidere di cercare di modificare il proprio aspetto fisico per tirarsi su di morale. Ma non le sembrava il caso di sua mamma, e infatti non lo era.

Quando finalmente le avevano tolto le bende, il viso era liscio e rilassato. Sembrava molto più giovane. Il naso senza la gobba, però, visto di profilo aveva una curva troppo infantile e visto di fronte la rendeva diversa. Gli occhi di tanto in tanto sembravano convergere. Un effetto dovuto anche al botox, che le aveva spianato le rughe della fronte e le aveva tolto le zampe di gallina intorno agli occhi.

«In alcuni momenti avevo la sensazione di avere accanto una ragazza della mia età. Solo la voce era rimasta la stessa. Non riuscivo a guardarla in faccia senza distogliere subito lo sguardo» disse Valeria a conclusione del suo racconto.

Su questa vicenda nacque un nuovo psicodramma. La mummia la fece Valeria, che si avvolse la testa in una sciarpa. Valeria la interpretò Stella. L'infermiera divenne un infermiere maschio, in modo da consentire a Quang, che ci teneva molto a partecipare, di inserirsi nella rappresentazione.

Alla recita, che fu animata, seguì un dibattito.

«Perché» iniziò Mosi «in Italia cambiate faccia?»

«Perché ci sono i chirurghi estetici» ridacchiò sarcastico Riccardo.

«Per diventare più belli» precisò Alessio, che sino ad allora non aveva mai aperto bocca.

«Per rimanere giovani» intervenne Stella. «Per non invecchiare. Lo fanno molti personaggi della tv».

«Ma in fondo cosa c'è di male nel voler migliorare il proprio aspetto?» fu l'interrogativo di Barbara.

«Nulla, solo che...» bisbigliò Valeria lasciando la frase a mezz'aria.

«Solo che?» la incalzò Barbara.

«Solo che... la mamma dopo quell'intervento mi sembrava debole, indifesa, come se tra noi due la più forte fossi io, e...»

«E?»

«E come se io, la figlia, dovessi prendermene cura».

«Avevi paura che lei potesse commettere degli errori o farsi del male senza volerlo, avevi la sensazione di doverla proteggere, è così?»

Valeria annuì. «Sì, quando penso alla mamma, ho ancora questa sensazione».

Vidi i suoi occhi inumidirsi e compresi la sua pena.

«Capisco» continuò Barbara. «Può succedere che i ruoli si invertano. La vita non ha sempre un percorso lineare, secondo quello che ci aspettiamo o che vorremmo».

Ascoltavamo tutti senza fiatare.

«Ma poi, che cosa è successo?» riprese Riccardo dopo una lunga pausa. Il tono un po' sarcastico dava l'impressione che lui conoscesse già la risposta.

«Dopo è successo che...» sospirò Valeria, «è successo che dopo qualche mese mamma ha trovato un fidanzato».

«Be', mi sembra tutto chiaro!» esclamò Riccardo. «E che tipo era questo fidanzato... se ti va di dirlo?»

«Giovane... più giovane di lei... di un bel po' di anni più giovane».

«Ah! E così sono andati a vivere per conto loro, i due piccioncini» fu il commento indiscreto di Riccardo.

«No, no! Sono stata io a non voler andare a vivere con loro. Mamma ha molto insistito. Anche lui ha insistito. Ma non mi sembrava il caso».

«Perché non ti sembrava il caso?» chiese Stella.

«Mi sentivo in imbarazzo...»

«Perché in imbarazzo?» insistette Stella, anche se la domanda era del tutto superflua.

«Per lei... di fronte alle persone che conosciamo... di fronte alle mie amiche... una donna della sua età con un ragazzo...»

«A te piaceva quel tipo?» fu la domanda sfacciata di Gianna.

«Questo, cari amici, non ve lo dico». E con un cenno risoluto del capo, la fronte aggrottata, dichiarò: «Fine del racconto!»

«Ragazzi, un bell'applauso a Valeria, che è riuscita a raccontarci della mummia». Arturo si alzò in piedi e noi con lui.

A conclusione dell'incontro Barbara fece queste considerazioni:

«Che cosa impariamo in questi nostri incontri? Mettendoci nei panni degli altri, spesso in quelli delle persone con cui siamo stati in disaccordo, impariamo a vedere le cose con occhi diversi, a entrare nella mente degli altri, a capire anche le loro ragioni. Non è una cosa facile, perché ognuno di noi è portato a vedere il mondo dal suo punto di osservazione, ad attendersi cose a cui magari gli altri non pensano, a fare delle previsioni che poi non si realizzano.

«Prima o poi, noi figli dobbiamo smetterla di considerare i nostri genitori infallibili o aspettarci che si comportino sempre come vorremmo noi. Dobbiamo smetterla di pensare che siano genitori per sempre, anche quando ormai siamo grandi. Pensare che i genitori siano superman o wonder woman, e che non debbano mai uscire dal ruolo di genitore, è un modo di ragionare infantile che alla vostra età dovete incominciare ad abbandonare.

«Pensiamo che loro debbano continuare a proteggerci come quando eravamo piccoli, ma non è così che vanno le cose. A volte succede. Altre volte non succede affatto. I casi della vita sono imprevedibili e può anche accadere che siano i figli a dover proteggere i genitori, sforzarsi di capirli, cercare di accettarli per quello che sono.

«E non dimentichiamo che i genitori sono stati a loro volta figli dei nonni, le cui vicissitudini hanno avuto conseguenze su di loro.

«Le acque in cui ci troviamo a navigare sono quelle che sono. Non sempre sono quelle che vorremmo. Si tratta di imparare l'arte della navigazione e di sfruttare i nostri punti di forza. Ognuno di noi ha dentro di sé una forza a cui attingere nei momenti difficili, non dimenticatelo!»

Mosi

Stavamo incominciando a prendere gusto al lavoro di Barbara e Arturo, tanto da improvvisarci terapeuti per il piccolo Mosi, profugo partito dalla Sierra Leone e approdato sulle coste siciliane.

Interpretare i suoi racconti sbocconcellati, in un misto di inglese sgrammaticato, parole italiane ed espressioni nella sua lingua, il krio, non era stato facile, ma ci eravamo aiutati con i gesti, la mimica, gli spostamenti di qua e di là nella stanza, e affidati al nostro intuito e alla nostra curiosità. Alla fine il gruppo aveva ricostruito la sua storia.

I genitori di Mosi erano morti entrambi, insieme ai quattro nonni e alle due sorelle piccole, durante un'alluvione. In Sierra Leone succede spesso: si può essere investiti da una valanga d'acqua nel cuore della notte, e annegare senza nemmeno rendersi conto di ciò che sta succedendo. Lui si era salvato perché dormiva a casa di uno zio, in una zona risparmiata dall'ondata di fango, con i cuginetti, due fratellini e Fara, la sorella maggiore. A prendersi cura di Mosi e dei fratellini rimasti orfani era stata proprio lei, che nel frattempo aveva messo al mondo due marmocchi privi di padre.

Mosi aveva all'incirca dodici anni quando era approdato in Italia, senza documenti. Quando si era unito al gruppo doveva averne quasi quattordici. Il giorno della sua nascita, però, non lo conosceva né lui né nessun altro.

Prima di affidarlo a Ndulu, un giovane del loro villaggio che con mezzi di fortuna avrebbe raggiunto la Libia, per poi imbarcarsi per l'Italia, Fara gli aveva spiegato tre cose.

La prima era che la Sierra Leone era un luogo troppo pericoloso in cui vivere. Non solo per le alluvioni, ma anche perché il territorio era infestato da bande di soldati crudeli, addestrati a uccidere fin dall'infanzia.

La seconda era che lei aveva già due bambini a cui badare, da sola, senza nessun altro che l'aiutasse.

La terza era che in Italia Mosi avrebbe trovato un mondo migliore: ricco, bello, con chiese e palazzi meravigliosi, dove non c'era la guerra e tutti mangiavano tre volte al giorno. Un luogo dove c'era il mare ma anche le montagne. Dove a volte nevicava e si poteva sciare. Il Papa, un uomo buono tutto vestito di bianco, avrebbe vegliato su di lui.

«Non ti allontanare da Ndulu» gli aveva detto mentre consegnava del denaro al giovane a cui l'aveva affidato, «e vedrai che tutto andrà per il meglio».

Nell'abbracciarlo stretto stretto gli aveva poi legato al collo un portafortuna: un cordoncino di pelle da cui pendeva un dente di squalo, curvo, lucido e pungente. «È un dente magico che ti proteggerà» gli aveva detto, e così era stato. Durante la traversata nel Mediterraneo le onde si erano fatte grosse, intorno era calato il buio e sul barcone molti avevano cominciato a lamentarsi, ma Mosi, impaurito, infreddolito e bagnato dalla testa ai piedi, si era tenuto aggrappato all'amuleto portafortuna con entrambe le mani.

Già nel tragitto precedente, dal suo villaggio in Sierra Leone alla Libia, a piedi, su camioncini sgangherati e altri mezzi disponibili, Mosi aveva avuto modo di apprezzare il potere del suo dente di squalo. Mentre altri migranti venivano derubati e picchiati, lui era sempre riuscito a farla franca, magari nascondendosi dietro a un sacco di farina o sotto un telone, oppure rubacchiando qualche cosa da mangiare, o attirando l'attenzione di qualche donna compassionevole nei villaggi che attraversava, senza mai perdere di vista Ndulu.

Sbarcato in Sicilia era stato separato dal suo amico e portato in un centro di prima accoglienza per bambini e ragazzi minorenni. Senza Ndulu, però, in mezzo a sconosciuti, molti dei quali parlavano un dialetto a lui ignoto, si sentiva perso. Ritrovare Ndulu era diventato un pensiero fisso, anche perché senza di lui non sarebbe riuscito a mettersi in comunicazione con Fara. Solo Ndulu conosceva l'indirizzo di casa e sapeva come raggiungerla per telefono.

Così una notte, prima del levar del sole, era uscito in punta di piedi dalla camerata, era strisciato lungo i muri fino alla rete di cinta e l'aveva scavalcata.

Si era poi messo a correre in mezzo alla campagna, nella speranza di avvistare il centro in cui era alloggiato Ndulu. Non può essere molto lontano, pensava. Non sapeva però in che direzione muoversi. Quale sentiero imboccare. Destra, sinistra, avanti, indietro: una direzione equivaleva all'altra. Gli alberi poi, così diversi da quelli del suo paese, sembravano nel buio fantasmi ostili di un mondo stregato.

Senza smettere di correre Mosi a un certo punto aveva capito di avere poche speranze di ritrovare il suo amico. Però continuava ad avere fiducia nell'amuleto che Fara gli aveva legato al collo. E infatti su un cumulo di spazzatura aveva trovato un paio di scarpe migliori delle sue, che aveva indossato senza esitare.

Girovagando senza meta era arrivato a una strada piana, percorsa da un numero di automobili che mai aveva visto fino ad allora.

Camminando lungo il bordo della strada e facendo attenzione a non farsi travolgere, era giunto a un paese dove una donna anziana, squadrandolo dall'alto in basso e poi di nuovo dal basso in alto, gli aveva detto più o meno: «D'unni veni? Hai fami, nicuzzu?»

Mosi non aveva capito una sola parola ed era rimasto in silenzio, ma la donna continuava a fargli dei cenni con la mano e lui l'aveva seguita fino a un piccolo bar, dove aveva afferrato da un vassoio degli strani dolci a forma di tubo.

«Mancia u cannolu, mancia u cannolu» aveva detto la donna, facendo finta di portarsene uno alla bocca.

Mosi per la prima volta aveva sentito un sapore dolcissimo e un profumo intenso di arance, che gli ricordava il paese che aveva lasciato.

Poi l'anziana lo aveva portato in una chiesa, dove un uomo vestito di nero gli aveva posato una mano sulla spalla e gli aveva detto con le parole e con i gesti di non avere paura. Quell'uomo gli aveva anche regalato un piccolo bongo che lui aveva adocchiato in sacrestia, appoggiato a una parete. Come il dente di squalo, quel bongo era diventato una parte importante di lui, da cui non si sarebbe più separato.

Da lì era iniziata un'altra lunga avventura, fatta di viaggi in treno e in pullman, finché era arrivato senza sapere come e perché in una enorme città rumorosa e caotica. «Roma!» aveva esclamato l'autista. «Siamo a Roma!»

Il pullman si era fermato di fronte a un edificio basso e bianco, l'autista aveva suonato il clacson e richiamato l'attenzione di una donna giovane e svelta, che lo aveva accolto sorridendo. Mosi aveva subito chiesto «u cannolu».

La donna l'aveva guardato stupita. Poi, illuminandosi con un sorriso, aveva risposto: «Devi avere molta fame».

Quello del cannolo era il ricordo più bello che Mosi aveva del suo lungo viaggio e da allora, nel centro di accoglienza per minori non accompagnati in cui era ospitato, chiedeva sempre quel dolce. L'aveva chiesto anche a noi del gruppo, al primo incontro, ma eravamo tutti incavolati e nessuno gli aveva dato retta.

Mosi ci raccontò anche che di notte faceva sempre gli stessi sogni, due belli e uno brutto.

Nel primo sua sorella Fara, nel legargli al collo il dente di squalo, lo incoraggiava a salire su una grande nave da turismo, elegante e sicura, e lo salutava dalla riva agitando un fazzoletto.

Nel secondo approdava, alla guida di un motoscafo, in un paese meraviglioso del tutto simile al paradiso terrestre.

Nel terzo era inseguito da un gruppo di leopardi nella savana e non avendo alcuna arma per difendersi poteva soltanto correre il più rapidamente possibile. Questo sogno era un incubo da cui Mosi si svegliava, sudato e in preda a una forte agitazione, proprio nel momento in cui il leopardo più veloce del gruppo lo raggiungeva e dopo avere emesso un potente ruggito gli balzava addosso, gli piantava gli artigli delle zampe anteriori nelle spalle e con il peso di tutto il suo corpo lo buttava a terra, con la faccia nel fango.

Quegli incubi stavano diventando un grave problema, gli impedivano di riposare, disturbavano i ragazzi che dormivano con lui nella stessa camerata e lo rendevano diffidente e silenzioso, sempre sul chi vive. Per fortuna uno dei responsabili del centro di accoglienza si era preso la briga di capire che cosa gli stava succedendo ed era riuscito a farlo inserire nel nostro gruppo, anche se non parlava bene la nostra lingua. Speravano di sbloccarlo anche solo facendolo sentire accolto e accettato in una cerchia di coetanei e confidavano che, tra ragazzi che parlavano dei loro problemi, avrebbe imparato più in fretta a farsi capire.

Per aiutarlo a fronteggiare l'incubo dei leopardi Barbara e Arturo organizzarono, secondo il loro stile, delle sedute di psicodramma.

La prima versione, in cui Mosi, inseguito dal gruppo di leopardi inferociti, riusciva a mettersi in salvo tuffandosi in un lago dall'acqua trasparente non sortì alcun effetto positivo, perché i leopardi, come tutti i mammiferi, sanno nuotare e uno dopo l'altro si tuffarono in acqua al suo inseguimento.

Neppure la seconda versione, dove l'inseguito era Quang e Mosi il leopardo veloce che lo tallonava, portò a un risultato soddisfacente.

La versione risolutiva fu la terza, ideata da Riccardo, in cui Mosi durante l'inseguimento riusciva ad alzarsi in volo agitando rapidamente le braccia, e una volta libratosi in aria poteva vedere sotto di lui il branco dei leopardi infuriati e delusi. Una trovata semplice ma geniale.

Dopo quel suggerimento Mosi continuò a sognare il branco di leopardi che lo inseguiva, ma senza più provare la stessa paura e senza svegliarsi di notte in preda al panico. La corsa ormai era più simile a una gara che a un inseguimento. In qualsiasi momento poteva alzarsi in volo e guardare dall'alto, senza correre alcun pericolo, il branco dei leopardi confusi e sgomenti.

Mosi fu molto grato a Riccardo per avergli risolto quel problema notturno, tanto da volergli regalare il suo amuleto, ma Riccardo saggiamente rifiutò: «Il dente di squalo ha effetto su di te perché te lo ha dato tua sorella, col cuore, su di me non avrebbe alcun effetto, sarebbe sprecato».

Barbara non poté che approvare la spiegazione di Riccardo: «Vuol dire che da grande farai lo psicologo!»

«Io sono già grande e già psicologo!» rispose lui cantilenando.

I cyberbulli

Venne anche per Gianna il momento di sedersi sulla sedia al centro del tappeto.

Il gioco proposto da Barbara era 'Adesso te lo racconto!', in cui si ripercorre una situazione frustrante e mai risolta e si cercano i mezzi adeguati per superarla.

Barbara sapeva che Gianna, per una brutta storia di poco tempo prima, non voleva più andare a scuola e che per lei entrare in classe era una sofferenza. Già negli incontri precedenti l'aveva sollecitata a «tirare fuori il rospo».

In prima liceo Gianna era amica di Noemi, una ragazza molto popolare tra i maschi, sia perché era molto carina sia per un suo speciale atteggiamento sicuro e convincente. Lasciava che una lunga frangia di capelli le ricadesse su metà del viso per poi ricacciarla indietro con un gesto risoluto. E quando voleva conquistare un ragazzo sapeva dargli l'impressione di pendere dalle sue labbra.

Noemi flirtava con i ragazzi, ma anche con le ragazze. Ammirava il taglio di capelli di una, le scarpe nuove di un'altra, il tatuaggio di un'altra ancora. Chiedeva consigli sui compiti pur non avendone alcun bisogno.

Sapeva fare pettegolezzi divertenti sulle professoresse. Riusciva anche a sminuire una rivale fingendo di lodarla. E per quanto riguarda il look era la più aggiornata della scuola.

Conquistata dalla sicurezza di Noemi e dal suo successo con i compagni e le compagne, Gianna, timida per natura, cercava di esserle amica e di stare il più possibile con lei. Così nel tornare a casa da scuola erano spesso in tre: Gianna, Noemi e Michele, detto Mico.

Appena Mico si avvicinava, Noemi socchiudeva le palpebre e ricacciava indietro la frangia.

«Mi adora!» sussurrava raggiante.

E quando lungo la strada il terzetto arrivava a un certo portone buio, Noemi afferrava Mico per un braccio e se lo tirava dentro per pomiciare un po'. In quelle occasioni Gianna faceva il palo. Attendeva la fine delle effusioni e avvisava se qualcuno si stava avvicinando. Quando riemergevano lui era rosso in viso, lei trionfante.

Un giorno, Mico, senza farsene accorgere, infilò nello zaino che Gianna aveva sulle spalle un bigliettino piegato in quattro su cui aveva scritto 'Voglio incontrarti da sola. Decidi tu dove e quando. Mico'. Se Gianna avesse avuto un cellulare tutto il casino che ne seguì non sarebbe successo.

Quel giorno era a pranzo da Noemi e aveva fatto più tardi del previsto, così nella fretta di tornare a casa aveva dimenticato lo zaino. La mattina dopo doveva partire per la settimana bianca con papà, mamma e fratellino e doveva sbrigarsi a preparare la valigia. A casa di Noemi aveva intravisto il biglietto, ma aveva pensato a uno scherzo di qualcuno che vedendoli sempre in tre voleva prenderla un po' in giro e così lo aveva rimesso nello zaino dimenticandoselo del tutto. Mico era il ragazzo di Noemi, e poi non era il suo tipo.

Noemi però lo aveva trovato, frugando nello zaino di Gianna alla ricerca di un quaderno. La grafia, senza ombra di dubbio, era quella di Mico, e disegnato su quel bigliettino c'era anche un cuore, con la scritta KISS in lettere maiuscole. Forse per questo Noemi se l'era presa così tanto: era il segno che il suo potere sui maschi non era universale come aveva creduto sino a quel momento e che Gianna, da lei considerata una semplice accompagnatrice, le stava soffiando il ragazzo.

Gianna intanto si divertiva sulle piste da sci. Per la prima volta era riuscita a fare una nera fino in fondo senza mai cadere.

Ma l'esperienza più elettrizzante di quella vacanza fu il suo primo bacio. A cui ne seguirono altri. Già sulla seggiovia, con il braccio e la gamba appiccicati al braccio e alla gamba di Diego, aveva capito che tra loro era scoccata la scintilla. E infatti, durante una discesa, raggiunto un boschetto di abeti, si erano appartati e baciati, prima lievemente a labbra chiuse, poi con maggiore intensità.

Da allora avevano ripetuto quell'esperienza ogni volta che riuscivano a staccarsi dal gruppo.

In seggiovia erano sempre seduti vicini e una sera in albergo se ne stettero avvinghiati l'uno all'altra fino a quando il compagno di stanza di Diego, entrando all'improvviso, non li disturbò obbligandoli a sciogliersi dall'abbraccio e a smettere di sbaciucchiarsi.

Prima di partire si scambiarono la mail, il numero di telefono e promisero di rivedersi alla successiva settimana bianca.

Al ritorno in città, Gianna moriva dalla voglia di confidarsi con le amiche e in particolare con Noemi. Ci teneva a farle sapere che anche lei aveva un ragazzo.

Ebbe però subito l'impressione che fosse successo qualcosa di preoccupante quando nel corridoio durante la ricreazione sentì bisbigliare: «Non ti avvicinare, è infetta».

Noemi, che fino a una settimana prima sembrava non poter fare a meno di lei, quel giorno, durante l'intervallo, parlottava con le amiche fingendo di non vederla. E quando Gianna si avvicinò calò il silenzio.

«Ciao, come va?» chiese rivolgendosi a tutte.

«Ciaooo» rispose Carla strascicando la o.

Donatella invece si limitò a un risolino sciocco.

«Che cosa stavate dicendo?»

«Ma, niente di che» fece Noemi.

«Parlavate di me?»

Soltanto risatine.

«Siete strane...»

«Strane...» le fece il verso Veronica.

«Ma che vi prende?»

«Niente, non ci prende niente, sei tu che...» Carla lanciò uno sguardo di intesa a Noemi.

«Io che?»

Di nuovo quelle stupide risatine.

«Siete sicure di star bene?»

«...Noi sì» rispose Donatella mentre le altre ridacchiavano.

«Morto qualcuno?»

«Mmm... proprio morto no» mugolò Veronica.

«Be', allora? Siete rincretinite tutte quante?»

Altre risatine.

Uno scherzo, pensò. Però quando Carla le si rivolse con un «Puah!» capì che c'era dell'altro. Qualcosa di cattivo.

Afferrò Noemi per un braccio: «Che cosa sta succedendo? Che cos'è quella messa in scena?»

«Non hai visto cosa circola su internet?» disse l'amica svincolandosi.

«Che cosa può mai circolare su internet?»

«Guarda e capirai». Girò sui tacchi e se ne andò.

Per farla breve, su Gianna circolava un orribile pettegolezzo, e cioè che aveva contratto una malattia sessuale perché, essendo una ninfomane, andava a letto con uomini adulti.

Quando, tornata a casa, lesse questa schifezza sullo schermo del suo computer le venne un colpo. Capì che, mentre era in settimana bianca, la notizia era circolata in rete tra i compagni di scuola e anche tra ragazze e ragazzi di altre scuole. Era stata lanciata nel web giorni prima e chissà dov'era ormai arrivata. Chissà se avrebbe raggiunto anche Diego. Un pensiero che la fece star male.

Era successo che Noemi, gelosa marcia per il bigliettino di Mico, aveva deciso di vendicarsi. Dalla pagina Facebook di un'amica aveva postato una foto di Gianna al mare, in costume da bagno, accompagnata dal commento 'ninfomane'.

Il post aveva cominciato a circolare tra i compagni

di scuola e successivamente tra gli amici degli amici. Il cerchio si era allargato a dismisura. Qualcuno aveva aggiunto che era infetta. Qualcun altro che andava con uomini adulti. Altri ancora avevano scritto battute e insulti.

Quella storia dilagava in rete, e Gianna non poteva fare nulla per fermarla. Di Mico e del suo biglietto si era completamente dimenticata, anche perché al ritorno dalla settimana bianca, quando aveva recuperato lo zaino da casa di Noemi, il biglietto non c'era più. Non riusciva a immaginare chi avesse diffuso quella maldicenza e per quale motivo. Non voleva parlarne con i genitori per non allarmarli, e anche perché si vergognava. Teneva tutto dentro di sé. Quando però arrivava il momento di andare a scuola, le venivano dei crampi allo stomaco.

Preoccupati, i genitori la portarono dal medico che consigliò una serie di esami clinici. Ma le assenze da scuola per gli esami medici non fecero che rafforzare le voci sulla sua 'malattia venerea'.

Sulla bacheca del corridoio comparve un avviso in cui ai ragazzi della scuola veniva consigliato di stare lontano da Gianna, 'affetta da una malattia contagiosa'. Fu dopo questo avviso che la mamma di un compagno telefonò alla madre di Gianna per informarsi sullo stato di salute della figlia.

Gianna fu costretta a raccontare ai suoi genitori ciò che le stava succedendo. I genitori contattarono immediatamente la dirigente scolastica che, all'oscuro di tutto, definì l'episodio una ragazzata.

L'avviso sparì dalla bacheca. A scuola però non si

parlava d'altro, così la dirigente fu costretta a rivolgersi alla polizia postale. Nel giro di due giorni i poliziotti scoprirono chi aveva diffuso l'ignobile calunnia. Noemi e Veronica furono stanate e costrette a confessare di essere state loro le iniziatrici di quello schifo, anche se – spiegarono – non volevano fare del male a Gianna ma soltanto scherzare.

I genitori di Gianna volevano che Noemi e Veronica chiedessero scusa pubblicamente, di fronte a tutti gli studenti della scuola. Un rito esemplare di lezione anche per coloro che, scioccamente e senza riflettere, avevano contribuito a diffondere la calunnia. La dirigente invece, temendo che il buon nome della scuola venisse «infangato», decise per un incontro privato nel suo ufficio. Lei e le tre ragazze.

«E allora, che cosa è successo nell'ufficio della dirigente?» domandammo in coro, dopo avere ascoltato il racconto di Gianna.

«È stato tutto molto rapido. Ha obbligato Noemi e Veronica a chiedermi scusa, quindi ha concluso sbrigativamente: 'Brave ragazze! Bene! Pace fatta! Adesso ho molto da fare, tornate in classe, comportatevi bene'».

«Un po' poco» commentò Riccardo, «per il danno che ti hanno fatto. C'è mancato poco che le due bulle, invece di essere punite, venissero premiate».

«La dirigente avrebbe dovuto espellere Noemi e Veronica fino alla fine dell'anno» fu il commento di Quang.

«Io gli avrei assegnato dei lavori socialmente utili, tipo lavare i vetri, spazzare le aule e soprattutto pulire i cessi» fu l'opinione di Stella, «così in mezzo alla puzza avrebbero avuto tutto il tempo per pensare alla cattiveria che ti avevano fatto».

«E io le avrei obbligate a leggere *La fabbrica del male*, un libro sul bullismo di Jan Guillou» intervenne Barbara, «e per ogni capitolo avrei assegnato un commento scritto di almeno tre pagine. Sarebbe stato un ottimo esercizio formativo, di pensiero e di scrittura, dato che si tratta di trentatré capitoli».

«Così facendo la dirigente ha tagliato fuori tutti gli altri colpevoli» notò Alessio, «come se quelli che hanno poi diffuso la calunnia in rete non avessero alcuna responsabilità».

«Bravo Alessio!» fu il commento ammirato di Arturo. «Hai completato il quadro».

E Gianna di seguito: «Io in quella scuola non ci voglio tornare. Nella mia classe tutti sanno quello che è successo, ma molti ragazzi delle altre classi continuano a ridacchiare quando mi incrociano nei corridoi, a scansarmi come se fossi un'appestata».

«Purtroppo succede spesso che la smentita sia meno efficace della falsa notizia e non riesca a cancellarla del tutto» spiegò Arturo.

«Vuoi dire che preferiscono la calunnia alla verità?» chiese Stella incredula.

«Sì, è proprio questo che voglio dire. Siccome ci hanno creduto, siccome erano convinti che quella fosse la verità, siccome nel frattempo si sono fatti una loro opinione su quella persona e hanno contribuito a diffonderla, non vogliono ammettere di essersi sbagliati o di essere stati ingannati e così preferiscono rimanere ancorati alla versione iniziale, anche se falsa» concluse con uno sguardo circolare, soddisfatto per averci dato una lezione di vita.

Nessuno osò obiettare né porre altre domande. Rimanemmo tutti quanti in silenzio, meditabondi.

«Che ne pensate ragazzi? Cosa deve fare Gianna, restare o andarsene da quella scuola?» chiese Barbara dopo una lunga pausa.

«Io me ne andrei, di corsa» rispose Stella agitando la sua bella nuvola di riccioli biondi.

«Io obbligherei la dirigente a indire un'assemblea per riesaminare il caso» suggerì Riccardo.

«Io invece andrei a testa alta, infischiandomene dei loro stupidi commenti. Se ti vedono forte e indifferente prima o poi la smettono» fu la proposta di Valeria.

«Ragione Vale!» esclamò Mosi scattando in piedi per l'emozione. «Loro cattivi».

«E tu?» mi chiese Barbara. «Che cosa ne pensi?»

«La proposta di un'assemblea è più che giusta, ma non credo che la dirigente la convocherebbe. Ho l'impressione che chiederla sarebbe tempo sprecato. Non vuole riaprire il caso, è convinta di averlo chiuso una volta per tutte».

«E allora?»

«Mettiamo ai voti le altre due opzioni: Gianna se ne va. Gianna resta» proposi.

«Gianna, sei d'accordo per la votazione?» chiese Arturo.

Gianna ci pensò un po' su e poi annuì.

«Per alzata di mano?» chiese Riccardo.

«Per alzata di mano» acconsentì Gianna.

E così facemmo. In sei votammo per 'Gianna resta' in due – Stella e Quang – per 'Gianna se ne va'.

«Bene» esclamò Arturo «un bell'applauso a Gianna, che saprà trovare dentro di sé la forza per restare».

«Con tutti noi vicini e solidali» aggiunse Barbara.

«Ma non ci hai detto di Mico» intervenne Riccardo. «Che fine ha fatto? Si è fatto avanti? Ti ha difesa?»

«Eee, già... veramente no, non si è fatto avanti, diciamo che si è defilato».

«Complimenti!»

«Bell'amico! Non doveva lasciarti sola in quello schifo!» commentò Alessio.

«E tu che ne pensi?» chiese Barbara.

«Cosa penso di Mico? Penso che non è certo un cuor di leone ma neppure un cattivo ragazzo. Si era stufato delle smorfie di Noemi e ci ha provato con me. Ma poi deve essersi spaventato per il casino creato dal suo bigliettino: come se da una piccola palla di neve si fosse formata una valanga travolgente e il colpevole fosse lui. Non ha osato schierarsi dalla mia parte, non ha osato affrontare Noemi e l'intera scuola. Però, quando ha saputo che finalmente anch'io avevo un cellulare, mi ha inviato un sms, 'Mi dispiace' più la faccina che piange».

«Vedo che l'ingenerosità degli altri ti ha resa generosa con lui» commentò Barbara tormentandosi un ricciolo.

«Boh?!» fu il commento scettico di Alessio.

Il sesso

Anche sulla mia avventura notturna al rave fu organizzato uno psicodramma a cui parteciparono tutti.

Io insistetti per interpretare me stessa. Volevo approfondire quei momenti di spaesamento che avevo vissuto. Riccardo fece Lu. Il barbone volle farlo Mosi a tutti i costi, anche se non aveva certo il *physique du rôle* per interpretarlo al meglio. Chicca la fece Gianna e Dani la fece Stella. Il ragazzo in coma volle farlo Alessio. Il poliziotto lo fece Quang. La parte di mamma al commissariato fu assegnata a Valeria. Quella di papà, brevissima, la fece Arturo.

La parte del rave fu animata e divertente. Un po' troppo, forse, nel senso che Riccardo ci prese gusto e cercò di baciarmi veramente.

«È una simulazione, ragazzi» intervenne Barbara divertita, «non stiamo girando un film!»

Per me però fu una rivelazione. Una specie di fulmine a ciel sereno. Non solo mi resi conto di piacergli, ma capii che anche lui mi piaceva. Se fino a quel momento l'avevo considerato un rompiscatole, ora lo vedevo sotto una luce nuova.

Tutto andò liscio fin quando non arrivammo alla scena

del commissariato. Valeria entrò talmente bene nei panni della mamma che mi venne il magone pensando a quanto l'avevo fatta soffrire.

«Mi sono sentita uno schifo quando l'ho vista al commissariato» bisbigliai.

«Possiamo fermarci qui» convenne Barbara. Mi si avvicinò. Mi cinse le spalle con un braccio. Poi, rivolgendosi a tutti: «Abbiamo visto come certi colpi di testa possano avere conseguenze imprevedibili. D'altronde gli imprevisti sono dappertutto. Fanno parte della nostra vita. Non è una questione di colpa, perché non c'è stata cattiveria nella decisione di Fabrizia di andarsene di casa, ma solo esasperazione».

«A me sembra che il motivo per cui Fabri è scappata di casa sia proprio che le mancava sua madre, con cui non riusciva più a parlare. Ugo e il bambino le avevano tolto tutto lo spazio» fu la riflessione di Valeria.

Barbara, pensosa, annuì. «Altre riflessioni?»

«Come hai detto tu una volta, Barbara, non tutto il male viene per nuocere» intervenne Stella. «Fabrizia ha corso dei rischi seri quella notte, però ha anche fatto un'esperienza che le servirà per il futuro. D'ora in avanti, penserà meglio alle possibili conseguenze delle sue azioni per sé e per gli altri».

«È anche così che si cresce e che ci si rafforza» concluse Arturo soffermando i suoi occhi penetranti su di noi.

Per alleggerire l'atmosfera, Barbara propose 'La scoperta del sesso', un gioco che avevamo richiesto fin da quando avevamo saputo che Valeria era stata mandata in terapia per via di Giggi e di quel vassoio di paste alla crema.

Ci divisero in due gruppi, maschi e femmine. Ogni gruppo doveva eleggere un suo rappresentante, che aveva il compito di riassumere i racconti emersi durante lo svolgimento del gioco e di leggerli nella fase finale.

Ognuno di noi doveva raccontare un episodio o aneddoto sulla scoperta del sesso, cercando di mettere in evidenza le proprie sensazioni, inibizioni, qui pro quo o qualsiasi altra considerazione e rispondere a domande del tipo: con chi ti confidavi, quando e come hai scoperto come nascono i bambini, un timore sul sesso che poi hai superato o che hai ancora, una cosa che pensavi allora e che a ripensarci oggi ti sembra ridicola, curiosa e così via.

Raccolte tutte le storie e tutte le impressioni tornammo a formare un unico gruppo circolare, per ascoltare i racconti raccolti dai due rappresentanti e commentarli insieme.

Venne fuori che alcuni non si erano confidati con nessun adulto, altri invece lo avevano fatto ma si erano pentiti. Valeria, per esempio, che aveva chiesto a un sacerdote in confessionale se era sufficiente un 'bacio profondo' per far nascere dei bambini, si era vista assegnare come penitenza per quel 'pensiero impuro' un intero rosario, che però non era riuscita a finire.

Quang da piccolino era convinto che i neonati venissero prenotati su un catalogo e poi spediti per corriere ai rispettivi genitori. Anche in paesi molto lontani. Per esempio dal Vietnam all'Italia. Quando il corriere confondeva i pacchi o si verificavano dei ritardi in aeroporto, il neonato poteva finire nella famiglia sbagliata, come era successo a lui.

Riccardo invece, che a quattro anni aveva visto in tv un programma sulla fecondazione artificiale, aveva creduto per svariati anni che per avere un bambino bisognasse comprare un siero molto caro in farmacia e poi iniettarlo con una siringa in una natica: destra se si voleva far nascere una femmina, sinistra per il maschio.

«Avevi molta fantasia, da bambino!» commentò Barbara.

«Anche adesso, se è per questo» rispose lui con quel suo tipico atteggiamento strafottente.

C'era anche chi per alcuni anni aveva pensato che il sesso fosse un affare esclusivo dei gay, non riguardasse le donne, men che meno i genitori. Un altro pensava che le macchinette esterne alle farmacie vendessero palloncini per le feste di compleanno.

Io risultai una delle più informate: negli anni dell'infanzia, grazie alla mamma che, come maestra elementare, aveva sempre insegnato educazione sessuale ai suoi alunni, avevo ricevuto le conoscenze che mi servivano con le parole giuste, i concetti giusti e i tempi giusti.

Anche Stella e Mosi erano abbastanza informati. Mosi durante la traversata del Mediterraneo sul gommone aveva visto una donna partorire e fece un disegno fin troppo realistico, che tutti volemmo vedere.

Stella invece ammise di avere sempre avuto paura dell'organo sessuale maschile, da quando aveva incontrato un esibizionista mentre lei giocava con paletta e secchiello ai giardinetti. Da allora aveva associato l'organo maschile alle armi, specialmente pistole, cannoni e mitragliatrici, grazie soprattutto alle urla delle madri, quando si erano accorte di quel pervertito che si aggirava tra i bambini più piccoli.

Gianna riferì di una ragazza di diciassette anni, sua amica, a cui i genitori consentivano di portare di tanto in tanto il fidanzatino a casa per la notte, perché così si sentivano più tranquilli. La questione suscitò molto interesse e partecipazione come era prevedibile, ma dopo averne discusso arrivammo alla conclusione che può essere molto imbarazzante sapere che nella stanza a fianco ci sono i genitori. E ancor più imbarazzante è ritrovarli la mattina dopo a colazione.

Unica eccezione Valeria, che spiegò: «La mia stanza è in fondo al corridoio, ben distante da quella di Giovanna e Antonio. Non mi sentirei in imbarazzo, sono loro che provano imbarazzo».

«Okay, ma Giovanna e Antonio non sono i tuoi genitori» notò acutamente Gianna. «Il senso di imbarazzo verso i genitori è diverso».

Scoprimmo che tra maschi e femmine c'erano parecchie differenze: i maschi guardavano video pornografici molto più di noi, e avevano una idea del sesso più carnale e meno sentimentale della nostra. Eppure, per quanto riguardava i sentimenti, risultarono più romantici di noi ragazze. Arturo e Barbara confermarono che era una tendenza più diffusa di quanto generalmente si credesse. Poteva sembrare un controsenso, eppure ne avevamo la conferma dentro il nostro stesso gruppo.

«La nostra mente, ragazzi, come vi ho già spiegato altre volte» commentò Arturo mentre con l'indice della mano destra agganciava il nastrino rosso che gli teneva legata stretta sulla nuca la coda di cavallo, «è complicata e contraddittoria, solo i computer hanno un'intelligenza lineare. La nostra, influenzata com'è dalle emozioni, procede come le pare».

Sciolta la coda, Arturo scosse la testa, agitando i capelli. Quel gesto fino ad allora mi era sembrato un'inutile stravaganza, un tic nervoso o addirittura una forma di esibizionismo, ma in quel momento ne capii il vero significato: esprimeva la soddisfazione per avere raggiunto un risultato, per aver trovato una soluzione a un problema. Noi però volevamo saperne di più, e bersagliammo i nostri psicologi di domande.

Cos'è l'attrazione fisica? Cosa significa essere innamorati? Perché quando si è innamorati si è anche imbranati? Che cosa si può fare per non arrossire, doversene vergognare e arrossire di nuovo? Quali sono le cose che fanno insieme due innamorati? Cosa vogliono i ragazzi dalle ragazze? E le ragazze dai ragazzi? Quali sono le zone erogene del corpo? Che cosa fanno i gay tra di loro? È pericoloso andare con una prostituta? E le prostitute perché vanno con chiunque? Che cos'è la bigamia e perché è proibita? Come si fa per fare sesso senza correre il rischio di avere dei figli? Quanti sono gli anticoncezionali e come si usano? Perché ci da tanto fastidio pensare che i nostri genitori fanno sesso?

Pur sapendo che a molti di questi quesiti sapevamo già dare una risposta, Arturo e Barbara, pazientemente, cercarono di rispondere a tutte le nostre domande, dubbi e perplessità. Quando voleva rendere più incisive le spiegazioni lui agitava un po' i capelli. Lei invece si rigirava come al solito la ciocca intorno al dito.

Ci spiegarono che bisogna rispettare il partner, che dietro a un corpo c'è una persona, che il sesso promiscuo va evitato, che il sesso è una cosa buona ma che le perversioni sono pericolose, che bisogna diffidare di chi usa la droga per fare sesso, che la prostituzione è una forma di schiavitù, del corpo, dell'anima o di entrambi. Che per evitare malattie e gravidanze non volute bisogna prendere delle precauzioni. Che pensare alla sessualità dei nostri genitori o vederli fare l'amore ci dà fastidio perché siamo abituati a pensare che loro compito esclusivo sia occuparsi dei figli e delle routine quotidiane, e di comportarsi saggiamente, non di avere gli stessi impulsi che può avere un ragazzo. Che, come ci aveva insegnato l'esperienza di Gianna, bisogna stare attenti alle immagini, alle parole che si mettono o si trovano in rete, perché in tempi brevissimi possono raggiungere una gran quantità di utenti, conosciuti e sconosciuti, specialmente quando si tratta di nudi, foto sexy o conversazioni intime.

Ci raccontarono poi di alcuni casi di ragazzine che, su richiesta di amici, avevano inviato dai telefonini delle foto nude o seminude e qualche volta anche foto di loro amiche in pose sexy, provocando un cortocircuito disperante perché quelle immagini erano poi state inviate ad altri 'amici', i quali le avevano ulteriormente diffuse rendendole così di dominio pubblico.

«Bisogna saper distinguere la sfera privata dalla sfera pubblica, così come gli amici veri da quelli occasionali, interessati o passeggeri» spiegò Arturo e proseguì: «In rete si può avere l'illusione che il gruppo di cui si fa parte sia uno spazio privato, al di fuori delle interferenze degli estranei così come degli adulti, il che può indurre a confidenze o a mettere in circolazione delle immagini che invece possono travalicare i confini del gruppo, come è già successo molte volte».

«Il feticismo è una perversione?» domandò Riccardo a bruciapelo, senza alcun nesso con quello di cui stava parlando Arturo in quel momento.

La domanda non era casuale e tutti noi capimmo che l'obiettivo era quello di coinvolgere Alessio sulla questione della camiciola rosa.

La camicia rosa

Fu un momento di intenso imbarazzo. Chi più chi meno, tutti quanti trovammo irritante quell'intervento a gamba tesa di Riccardo. Alessio era timido. Gli volevamo bene. Era sgradevole metterlo in difficoltà, solo di fronte al gruppo.

Io mi concentrai sulle dita delle mie mani come se non sapessi, da sempre, che i miei pollici sono un po' troppo curvi e che gli anulari sono più lunghi degli indici.

Valeria giocherellava con un anello di sua mamma che portava al medio della mano destra, un rubino montato in oro da cui non si separava mai, neppure sotto la doccia o quando si tuffava in mare.

Mosi stringeva tra le mani il dente di squalo mettendoci una energia esagerata.

Quang osservava una lunga scia di aereo oltre i vetri della finestra.

Stella, con i suoi riccioli biondi illuminati da un raggio di sole, se ne stava immobile come una statua di cera, in attesa degli eventi.

Arturo guardava Alessio per coglierne la reazione.

Barbara stranamente, quella volta, non si tormentava i capelli. Fu lei a spezzare il silenzio: «Hai ascoltato tutti ma non ci hai ancora parlato di te, Alessio. Non credi sia arrivato il momento di spiegarci perché indossi quella camiciola rosa sotto la felpa?» Le parole erano chiare, il tono gentile, non era facile per Alessio fingere di non aver sentito.

Non rispose però immediatamente, prese tempo. «Camiciola rosa?»

«Sì... a noi lo puoi dire, siamo tuoi amici e pronti a capire».

«Capire cosa?»

«Capire perché la indossi. Ammetterai che non è un capo di abbigliamento maschile, e credo che non sia nemmeno molto comodo, per te».

Alessio si fece paonazzo in viso. Ora sbotterà, dirà una parolaccia, pensai. E infatti lo fece. «Cazzo» disse.

Ci stupimmo perché non era da lui. Ma si sa che i ragazzi le dicono comunque queste parole, anche se non fanno parte della loro personalità e del loro normale repertorio quotidiano.

Poi però tirò un lungo respiro, strinse i pugni e partì all'attacco: «Che ne sapete voi se è comodo o scomodo?» Nel pronunciare queste parole sollevò la felpa di qualche centimetro, lasciando intravedere la camiciola di seta rosa.

«Beh, effettivamente... è un'impressione la mia, ma non è questo il punto. Il punto è che è molto strano questo tipo di abbigliamento su un ragazzo come te».

«È da feticista, non è vero?» disse provocatorio.

«Un po'» rispose Barbara.

«Ragionate per schemi, per stereotipi, voi psicologi,

appiccicate etichette, parlate come dei manuali di psichiatria... ma le cose, le cose sono diverse, non sono come le definite voi».

«Giusto!» intervenne Arturo. «Alessio sta dicendo una verità sacrosanta! Accade spesso che per pigrizia ci affidiamo agli stereotipi, che assimiliamo tutti e facciamo di ogni erba un fascio. Così ci dimentichiamo che ognuno di noi è unico, è diverso, è un prototipo a sé, irripetibile». La sua voce era ferma e convincente, si capiva che non stava improvvisando ma diceva cose ben sedimentate nella propria mente.

«Però, ammetterai» proseguì dopo una pausa, «che quella camiciola rosa di seta, con tanto di pizzo... deve pur significare qualcosa per te. Qualcosa di speciale. Di unico. Ma pur sempre qualcosa».

«Qualcosa... certo che significa qualcosa, non però quello che pensate voi!» ribatté Alessio. E alzando il tono della voce, ma non troppo, aggiunse: «Io qui non ci volevo venire, perché volete farmi accettare le loro decisioni, ma loro non hanno il diritto di decidere della mia vita» concluse con un singulto ma nessuna lacrima.

«So che non è facile, forse preferisci che ne parliamo da soli, io e te, magari un'altra volta» propose Barbara accomodante.

«Non è facile... non è facile... certo che non è facile, ma da solo o in gruppo che cosa cambia? Loro intanto decidono, fanno e disfano tutto come più gli piace».

«Loro chi?» intervenne Stella.

«Cosa c'entra tutto questo con la camiciola da femmina?» domandò Riccardo.

«Ti va di spiegare oppure, te lo ripeto, preferisci parlarne con me un'altra volta?» chiese Barbara.

«Non voglio spiegare un bel niente... tanto noi ragazzi siamo impotenti di fronte alle decisioni degli adulti». Era veramente irritato.

«Potremmo ipotizzare che non sia così, per una volta» suggerì Barbara.

«Ma è naturale!» esclamò lui indispettito. «Qui, tra di noi, possiamo ipotizzare che le cose vadano in un altro modo, possiamo fingere che vadano come vogliamo noi, ma nella realtà le cose continuano ad andare diversamente. Questo è il punto».

«Intanto cerchiamo di capire di che si tratta, poi valutiamo il da farsi» lo incalzò Barbara.

«Certo, possiamo provare, dato che loro» Alessio indicò noi ragazzi, seduti sul tappeto in semicerchio, «sono gli unici che possono capire... gli unici che hanno subìto come me le decisioni degli adulti».

«Allora via!» intervenne determinato Arturo, dandosi una manata su una coscia. Afferrò una sedia, la rigirò, la piazzò con decisione davanti a quella su cui era seduto Alessio, ci si mise a cavalcioni e poggiò le braccia conserte sulla spalliera. «Spiega a questo adulto bastardo che cosa ti stanno facendo gli adulti bastardi!»

Si fronteggiavano come due avversari in combattimento, i loro visi distavano non più di mezzo metro l'uno dall'altro.

Dietro al viso di Alessio, apparentemente imperturbabile, stava imperversando una battaglia. Avrebbe potuto rifiutarsi, reagire in modo violento, alzarsi dalla sedia, scaraventarla in terra e andarsene, invece inaspettatamente rimase. L'improvvisa sfida di Arturo lo stimolò ad aprirsi e parlarci di una vicenda che fino a quel momento aveva tenuto ostinatamente per sé.

Disse che anche i suoi genitori, come quelli di altri, erano divisi. Una divisione non pacifica, anzi, molto turbolenta. Alessio aveva una sorella gemella, nata qualche minuto prima di lui. Stesso giorno. Stessa ora. Stessa clinica. Una sorella che era stata nove mesi insieme a lui nella pancia di sua madre e che per questo motivo avrebbe potuto odiare e invece no, lui le era affezionato.

«Siamo cresciuti insieme. Come tutti i gemelli. Non siamo appiccicosi ma nemmeno vogliamo dividerci. Certe volte litighiamo, altre volte andiamo d'accordo. Per esempio ci piace fare dei duetti musicali, io col violino, lei con l'oboe. Sono stati papà e mamma a insistere perché studiassimo musica, quando non ne volevamo sapere. E adesso ci vogliono separare. Ci è costata fatica studiare musica e invece adesso loro decidono, senza consultarci, che io continuerò ad abitare a Roma con papà e la sua nuova compagna, che tra l'altro mi sta antipatica, e Simona, mia sorella, se ne andrà a vivere a Rotterdam con la mamma. Niente più duetti musicali. Ma quel che è peggio è che gli avvocati sembrano essere d'accordo. Un disastro! E come se non bastasse ci hanno spiegato che è meglio che i gemelli crescano divisi, per il loro bene, e che quattordici anni è proprio l'età giusta per separarci, anzi, saremmo già in ritardo di un anno o due».

Fece una pausa, strinse i pugni, e poi aggiunse: «Ci hanno già separati da alcune settimane, per abituarci, secondo loro».

Alessio si interruppe per asciugarsi col dorso della mano delle gocce di sudore che gli imperlavano la fronte.

Noi eravamo tutti quanti in apnea. Nessuno osò fiatare. Nessuno in quel momento cruciale avrebbe saputo cosa dire. Spesso a scuola i gemelli vengono separati, collocati in classi diverse, ma se fosse giusto o sbagliato noi ragazzi non ce lo eravamo mai chiesto.

«E tu che ne pensi?» domandò Arturo puntando i suoi occhi scuri in quelli chiari di Alessio.

«Penso che è una gran cavolata che fa comodo a loro. Non sta scritto da nessuna parte che i gemelli devono essere separati!»

Arturo non disse nulla, ma inclinò il capo in avanti un paio di volte in segno di assenso.

«Che ne pensate ragazzi?» chiese allora Barbara, manovrando il suo ricciolo.

«Boh, e chi lo sa?! Ho sentito dire che oggi nascono tanti gemelli, molti più di un tempo, in Scozia per esempio le coppie gemellari sono numerosissime, l'ho letto in internet, dicono che c'è qualcosa nell'acqua da quelle parti che prima non c'era...» intervenne Quang che chiaramente seguiva un suo personalissimo percorso mentale.

«Io non so se debbano essere separati oppure no» si inserì Riccardo, «forse la cosa migliore è sentire che cosa ne pensano loro, ma quello che non capisco è che cosa c'entra la cosa rosa sotto i vestiti in tutto questo?»

«C'entra! C'entra!» esclamarono Stella, Gianna e Valeria all'unisono, dando l'impressione di avere già capito tutto.

Un sorriso appena accennato comparve sul viso di Alessio. Il suo sguardo indugiò per brevi attimi sopra le nostre teste, poi guardandoci in viso uno a uno spiegò con calma: «È un patto che abbiamo fatto io e Simona, mia sorella: io indosserò la sua camiciola e lei la mia maglietta della salute fino a quando non saremo di nuovo insieme».

«Amuleto! Amuleto!» esclamò Mosi portandosi la mano al collo, felice di avere capito la spiegazione di Alessio e di sapere pronunciare una parola difficile.

«Che assurdità, mai sentita una cosa del genere! A me sembra veramente una cosa da pazzi» puntualizzò Riccardo. «Potevate scegliere qualcosa di più maneggevole, di più normale, per esempio un bracciale, un anello, che so...»

«Tu non puoi capire. A noi capitava, da piccoli, di confonderci con i vestiti. Anche nostra madre si confondeva, qualche volta. È capitato che io sia andato a scuola con la maglietta di Simona e viceversa. Questo irritava la mamma ma divertiva molto noi, tant'è che a volte ci sbagliavamo apposta, per farle uno scherzo. Una cosa nostra».

«E vabbe'. Per quanto tempo porterai quella cosa? Che tra l'altro sarà ormai sporca, macchiata e puzzolente» lo incalzò.

Alessio scrollò le spalle.

Ci fu una pausa lunga, un silenzio generale.

Nessuno di noi osò parlare, ma era evidente che tutti quanti condividevamo le parole di Riccardo.

«Bene! Chiarito il mistero! Ora sappiamo tutto quello che c'era da sapere!» Arturo si diede due manate energiche sulle cosce, scavallò dalla sedia, si avvicinò ad Alessio e standogli di fronte gli posò le mani sulle spalle e gliele strinse. «Le apparenze ingannano, il feticismo non c'entra in questo caso, cari ragazzi». Agitò la coda di cavallo e strizzando un occhio ad Alessio concluse: «Però ricordati di lavarla ogni tanto!» Al che scoppiammo tutti in una sonora risata, a cui questa volta si unì anche Alessio, seppur bofonchiando: «Ma chi vi dice che non la lavo...».

Una risata senza cattiveria. Senza riserve. La prova che eravamo amici. Qualunque stranezza uno di noi avesse fatto, gli altri l'avrebbero accettata. Incontro dopo incontro l'atmosfera era cambiata. Eravamo un gruppo, adesso. Un vero gruppo. Si era creata un'entità nuova, che stava superando le previsioni degli psicologi. Uno per tutti e tutti per uno!

«Che ne direste, per concludere, di fare il gioco 'Cadere e prendere'?» propose Barbara al termine di una seduta che aveva creato tensioni non solo in Alessio ma in tutti noi.

Era un gioco basato sulla fiducia. Dovevamo formare delle coppie, all'interno delle quali uno dei due doveva sbilanciarsi all'indietro, come per cadere, e il compagno doveva sostenerlo. Sulle note di una musica di sottofondo, provammo vari tipi di sbilanciamenti e di prese, invertendo i ruoli e mescolando le coppie.

C'era chi si affidava di più e chi di meno. Chi si abbandonava totalmente e chi invece restava più rigido e sospettoso. C'era anche chi sarebbe stato tentato di lasciar cadere il compagno che si sbilanciava.

Alla fine parlammo dei nostri vissuti. Delle sensazioni provate. Delle reazioni al contatto fisico con l'altro. Della fiducia o mancanza di fiducia che avevamo percepito negli altri e in noi stessi.

Fu un gioco divertente e anche eccitante. Ormai ci fidavamo talmente gli uni degli altri che quasi sempre ci lasciavamo cadere all'indietro senza neanche guardare con la coda dell'occhio se il compagno era pronto a prenderci. E quando mi trovai in coppia con Riccardo, notai che nell'afferrarmi da dietro non soltanto stringeva un po' troppo, ma che le sue mani, con cui avrebbe dovuto puntellarmi i fianchi o le spalle, si congiungevano invece all'altezza dello stomaco o più in alto, sotto il seno.

«Bravi ragazzi, sono fiero di voi, avete fatto grandi progressi!» commentò Arturo a gioco ultimato. «Siete stati molto più sciolti e fiduciosi dell'altra volta».

Spaesamenti

Nell'incontro successivo Arturo e Barbara tornarono sulla vicenda di Alessio. Si erano consultati e certamente ne avevano discusso, ma non vollero dirci subito il loro pensiero. Chiesero a noi che soluzione si poteva trovare, come avrebbero dovuto comportarsi Alessio e sua sorella.

La prima a intervenire fu Valeria, la più grande di noi e quella con maggiore esperienza. Secondo lei, se i genitori e gli avvocati erano d'accordo nel separare Alessio e Simona, non c'erano vie d'uscita. «La vita è complicata, piena di ostacoli. Per alcuni, più fortunati, questi ostacoli si presentano quando ormai sono cresciuti. Per altri come noi si presentano prima. Non possiamo farci nulla perché, come ci hanno spiegato Arturo e Barbara, le cause possono essere lontane e perdersi nella notte dei tempi».

«Buuu!» la interruppe Riccardo che aveva trovato l'espressione 'perdersi nella notte dei tempi' pretenziosa e roboante.

«Prendiamo il mio caso» continuò imperterrita Valeria senza lasciarsi smontare. «Mio padre è morto giovane e mia madre si è trovata un fidanzato ancora più giovane. La decisione della mamma mi ha sciocata. Ma se a un certo punto io non avessi accettato quella specie di terremoto, ne sarei uscita pazza. Sarebbe diventato il mio pensiero fisso. Ogni sera prima di addormentarmi avrei passato in rassegna tutte le possibilità, i pro e i contro, i se e i ma».

«E come lo sai?» interloquì polemico Riccardo.

«Lo so perché l'ho fatto, per un po'. Non riuscivo a pensare ad altro. Passavo ore intere con gli occhi sbarrati fissi al soffitto, chiedendomi perché mamma aveva scelto quel ragazzo e perché il ragazzo aveva scelto lei. Io non le bastavo? Eppure eravamo sempre state bene insieme. Si era formato un vuoto nella mia vita. A un certo punto però mi sono detta che non potevo farci nulla e che dovevo cercare di non lasciarmi sommergere dai cattivi pensieri. Stavo per naufragare in un mare sconosciuto, avrei potuto annegarci oppure trovare un appiglio per restare a galla e raggiungere la riva. Quell'appiglio l'ho trovato in Giggi, ma anche in questo gruppo, che mi ha aiutata a vedere più chiaro in me stessa».

«Più chiaro in te stessa, cosa vuoi dire?» chiese Stella.

«Per esempio vuol dire non sentirmi responsabile di cose che non dipendono da me. Ho capito che tendiamo a metterci al centro e ad attribuirci colpe e ruoli anche quando non ne abbiamo alcuno».

«Brava Valeria!» esclamò Arturo. «Hai saputo trovare in te stessa la forza per reagire, per risollevarti, per non sprofondare in un pozzo nero». Poi, rivolto a noi: «Siete d'accordo, ragazzi? Quando le cose non possono essere cambiate, sei tu che devi cambiare».

Mosi, che non sempre riusciva a seguire i nostri discorsi ma che quel giorno, su invito di Barbara, aveva portato con sé il bongo, improvvisò due o tre sequenze ritmiche.

'Dopo' gli fece cenno Barbara, e lui smise di battere.

«Certo che siamo d'accordo. Valeria ha reagito bene. Ha reagito come ha potuto. Ma la sua storia è diversa dalla mia, molto diversa» ribatté Alessio. «Io, al contrario di Valeria, non mi sono ancora arreso... io le cose le voglio cambiare. Ho la possibilità di cambiarle».

Lo guardammo incuriositi. Col cuore eravamo tutti dalla sua parte. Non avevamo però argomenti convincenti. Io, per esempio, avrei voluto sostenerlo, incitarlo a prendere delle iniziative, comunicargli speranza, però il tentativo che avevo fatto per rimettere insieme i miei genitori si era risolto in un clamoroso insuccesso. Quando gli adulti decidono di separarsi perché c'è di mezzo qualcun altro, uomo o donna che sia, c'è poco da fare.

Rimanemmo zitti, in attesa degli interventi degli psicologi.

«Quando le cose non dipendono da noi, è inutile accanirsi, dice bene Valeria. A volte però ci sono delle vie d'uscita, degli obiettivi diciamo così minori che non bisogna scartare a priori» intervenne Barbara rigirando lentamente la ciocca di capelli intorno a un dito.

«E quali sarebbero questi obiettivi minori che non bisogna scartare a priori?» chiese Alessio cantilenando.

«Beh, intanto nessuna separazione è totale se noi non vogliamo che lo sia, e nemmeno questa lo è. Tu e tua sorella potete telefonarvi, inviarvi sms, tenervi in contatto con skype, che so, ci sono tanti modi per rimanere in contatto, scambiarsi pensieri, foto, video. Non è una separazione totale e definitiva, come poteva accadere nel secolo scorso quando per comunicare c'erano soltanto le lettere. Tu andrai a trovarla a Rotterdam e lei verrà a trovarti a Roma».

Mentre Barbara parlava, Alessio scuoteva la testa sconsolato. Chiaramente quel ragionamento non lo convinceva affatto. «È la decisione di separarci che è sbagliata» lo sentimmo mormorare, «non possono decidere per noi».

«Adesso tutto ti sembra difficile, negativo, ti senti impotente, ma potresti scoprire che andare a trovare la mamma e Simona in Olanda è piacevole, potresti scoprire che là c'è un mondo a cui non pensavi, e che alla fine ti potrebbe piacere» diede man forte Arturo. «Dobbiamo essere aperti alle novità, questo è il mondo in cui viviamo, un mondo fluido, in continuo movimento e in ogni caso, quando è impossibile modificare la realtà esterna, dobbiamo cercare di modificare noi stessi, la realtà interna, il nostro modo di vedere le cose».

«Boh!» fu il commento scettico di Alessio.

«Si fa presto a dire novità. Si fa presto a dire che dobbiamo essere aperti a tutto, ma c'è tutto e tutto» intervenne Riccardo.

«Cosa intendi? Puoi spiegarti meglio?» chiese Barbara.

«Non c'è niente da spiegare. Ci sono cose che sono difficili da accettare. Punto».

Queste parole, pronunciate con un tono che non ammetteva repliche, ci zittirono per un po'.

Fu Gianna a rompere il silenzio: «Ho un tatuaggio

sulla spalla che non mi piace. Che cosa dovrei fare secondo voi?»

Tirò su la manica della maglietta e ce lo mostrò. Si trattava di una piccola farfalla viola sulla spalla sinistra. Carina, ma niente di che.

«Quando l'hai fatta?» le chiedemmo.

«L'ho fatta quando io e Noemi eravamo amiche. È stata lei a convincermi. L'abbiamo fatta insieme, come patto di amicizia. Lei sulla spalla destra. Io su quella sinistra. Stessa farfalla. Stesso colore» concluse sbuffando.

«Bel patto di amicizia!» commentò sarcastico Riccardo. «È durato poco, a quanto pare».

«Eh già» convenne Gianna. «Ora però non sopporto più di vederla».

«Chiaro. Non ti resta che fartelo togliere» sentenziò Riccardo.

«Mi hanno detto che è molto doloroso».

«E poi lascia un segno, una macchia scura» fu il commento di Quang.

«Dopo che l'hai cancellato puoi farci sopra un altro disegno» suggerì Valeria.

«Se non ti va di cancellarlo perché è doloroso, puoi cambiarlo!» intervenne Stella con tono trionfante per quella trovata.

«E come?»

«Facendoti tatuare intorno tante farfalle della stessa dimensione, così questa si confonde in mezzo alle altre e il disegno diventa tutt'altra cosa, assume tutto un altro significato! Geniale no?»

«È una buona idea» intervenne Barbara. «Pensaci e

poi facci sapere che cosa decidi. È una decisione che devi prendere tu da sola, perché la pelle è tua».

«Okay, ci penserò».

«Comunque ragazzi» intervenne Arturo con tono moraleggiante, «pensateci bene prima di farvi tatuare. Non una, non due, ma tre volte. Come vedete ci si può pentire dopo pochissimo tempo. Al momento ti sembra il massimo, poi cambia il vento e non ti piace più. Ve lo dice uno che ha due tatuaggi sulle braccia, ma che ci ha pensato bene prima di farli».

A quel punto Mosi chiese a Barbara se era il momento di suonare il bongo. Aveva imparato un motivo vivace e voleva farcelo ascoltare.

Il permesso fu accordato e noi tutti, dopo esserci alzati in piedi, incominciammo a muoverci al ritmo della sua musica, fino a scatenarci in una improvvisata danza afro.

La trattativa

Quando ci ritrovammo in strada, all'uscita dalla seduta, ancora accaldati per la danza, Alessio ci disse che aveva da proporci un piano.

«Non l'ho ancora detto agli psicologi, perché loro non vogliono che quello di cui parliamo in seduta esca fuori dal gruppo. Voi però potreste darmi una mano».

«Darti una mano? In che senso?» chiedemmo incuriositi.

«Tra diciotto giorni ci sarà in tribunale l'udienza definitiva in cui il giudice dei minori deciderà se assegnare me a mio padre e Simona a mia madre. In quell'occasione potrebbero anche dare il permesso a nostra madre di portare Simona con sé a Rotterdam, dove lei potrebbe trovare facilmente un lavoro. Per loro noi siamo pedine su una scacchiera, ma io e Simona non vogliamo essere le pedine di nessuno».

«Hai ragione!» dissi io con enfasi.

«Da vendere!» confermò Riccardo.

«Capisco e condivido» fece eco Stella.

«Schicchera, che cos'è?» chiese Mosi.

«Scacchiera non schicchera, significa che devi muoverti seguendo delle regole prefissate. Regole che fanno parte di un gioco che alcuni conoscono e altri no. Chi conosce le regole vince, chi non le conosce perde. Le regole nei tribunali sono tantissime, è una specie di ginepraio molto intricato, e per riconoscerle tutte bisogna essere o giudici o avvocati» spiegò con pazienza Valeria.

«Ginepraio?» chiese Mosi, di nuovo.

«È un modo di dire, per indicare una faccenda complicata. È come trovarsi nel bel mezzo di un bosco di arbusti tutti intrecciati tra loro senza un machete».

Alla parola machete negli occhi di Mosi si accese una scintilla, segno che aveva capito, sia pure a modo suo.

«Ma noi che cosa possiamo fare, visto che le regole non le conosciamo?» domandai. «Possiamo venire in tribunale?»

«Magari! Purtroppo non potete. Non vi lascerebbero entrare. In tribunale il giudice ascolterà me e Simona, perché ormai abbiamo quattordici anni e dall'età di dodici abbiamo diritto di essere ascoltati. Io però, prima di andare in tribunale, vorrei convincere i miei genitori a farci restare tutti e due a Roma, nella nostra casa».

«È una buona idea» convenimmo io e Stella.

«Pensavo che voi potreste aiutarci».

«E come?»

«Convincendo Barbara e Arturo a invitare i miei genitori a uno dei nostri gruppi, per discuterne tutti insieme».

«Non credo che rientri nelle regole» obiettò Quang.

«Anch'io non credo che acconsentiranno» fece eco Valeria. «Le interferenze non sono ammesse, ce lo hanno detto tante volte».

«Ma perché dobbiamo rinunciare senza neanche provarci?» protestò Alessio. «Si può sempre fare un tentativo per convincerli a cambiare le regole».

Discutemmo animatamente per una buona mezz'ora, lì, in strada. Tutti quanti pensavamo che il piano di Alessio fosse irrealizzabile. Anche se Barbara e Arturo avessero accettato, il che era improbabile, non era detto che accettassero i genitori.

Alessio, però, che è un testardo doc, non si diede per vinto e nell'incontro successivo fu proprio lui a proporre a Barbara e Arturo di invitare i suoi genitori a una riunione di gruppo, in cui doveva essere presente anche Simona.

«È contrario alle regole» disse Arturo. «Nel gruppo non sono previsti i genitori. Potremmo invitarli a un incontro privato con Barbara, questo sì, ma nel gruppo è escluso».

«Non capisco perché» insistette Alessio. «Se loro sono d'accordo e noi anche, dov'è il problema?»

«Intanto bisogna vedere se sono d'accordo a venire insieme, e poi potrebbero sentirsi a disagio di fronte a un gruppo compatto come il vostro, dove tutti sostengono la stessa tesi».

«Sta a voi convincerli» disse Alessio, un tempo timido e ora quasi sfrontato.

Piacevolmente colpita dalla decisione e dalla sicurezza di cui Alessio stava dando prova, Barbara aprì uno spiraglio: «Ci pensiamo e la prossima volta ne riparliamo».

Contrariamente alle previsioni, i genitori di Alessio, dopo un colloquio con Arturo, accettarono di venire nel gruppo per ascoltare le proposte dei figli alla nostra presenza. D'altro canto, come tutti gli altri genitori, erano curiosi di scoprire come funzionava il gruppo.

«Voi però dovete limitarvi ad ascoltare, senza intervenire» ci intimò Arturo. «È chiaro?»

«Chiaro» rispondemmo in coro.

«L'unione fa la forza!» fu invece l'esclamazione entusiasta di Mosi, che stupì tutti quanti per la velocità con cui stava progredendo in italiano.

«Allora non ci siamo capiti?» lo rimbrottò Arturo. «Voi dovete tacere, parleranno solo Alessio e sua sorella Simona».

«Capiti! Capiti!» rispose Mosi senza perdere il buon umore.

All'ora stabilita arrivarono i genitori di Alessio, separatamente. Prima la madre, poi il padre. E da sola arrivò pure Simona, la sorella gemella di Alessio, che noi incontrammo per la prima volta. Come può succedere tra gemelli dizigoti, non si assomigliavano per nulla: lui minuto e biondo, lei una ragazzona bruna.

I genitori si sedettero a fianco degli psicologi. Uno a destra e l'altra a sinistra. Simona invece venne a sedersi nel nostro cerchio.

Fatte le presentazioni di rito, Barbara invitò Alessio a prendere la parola: «Sappiamo che hai qualcosa di importante da dire ai tuoi genitori. Loro sono pronti ad ascoltarti. Puoi avvicinare la sedia, se vuoi».

Invece di Alessio si mosse Simona, che spostò la sua sedia un po' più avanti verso il centro del tappeto. Aveva in mano due fogli, su cui insieme al fratello aveva scritto una specie di arringa. Tossì due volte, si raschiò la gola e poi iniziò a leggere, modulando frasi e parole in tono accorato.

«Cari genitori, sappiamo che avete le vostre buone ragioni per separarvi. La cosa non ci è piaciuta, ma non possiamo farci niente. Sono cose vostre. Non andate più d'accordo e papà ha un'altra donna». Si sentì un colpo di tosse provenire dal gruppo degli adulti. «È la vostra vita. Questo lo abbiamo capito e accettato. Per noi due però è diverso. Molto diverso. Siamo cresciuti insieme e non vogliamo separarci. In seguito le nostre strade si divideranno, sicuramente, quando io avrò un fidanzato e Alessio una fidanzata; ma per il momento vorremmo abitare ancora nella casa in cui siamo cresciuti. Non siamo dei fratelli appiccicosi, come voi ben sapete, litighiamo qualche volta, come è naturale che sia; ma sappiamo anche andare d'accordo. Avete tanto insistito perché studiassimo musica e ora che incominciamo a divertici suonando insieme dovremmo rinunciarci? Se abbandonassimo la musica sarebbe tanta fatica sprecata! In più nessuno mi ha chiesto veramente e in modo chiaro se ho voglia di trasferirmi a Rotterdam. Me lo chiederanno in tribunale tra qualche giorno, ma il giudice non mi conosce, non sa niente di me, come potrebbe capire come mi sento davvero? Noi vogliamo essere certi che voi, papà e mamma, siete d'accordo con noi e non chiederete una sistemazione diversa. Non vogliamo brutte sorprese. Io voglio bene alla mamma, ma non voglio andare a vivere a Rotterdam, lasciare Roma, mio fratello, la scuola, il mio quartiere e tutti i miei amici. Mi ritroverei da sola in un paese che non conosco, con persone che parlano una lingua astrusa e difficile. Impiegherei troppo tempo prima di poter inserirmi a scuola, seguire programmi diversi e farmi degli amici. Se vendete la casa in cui abitiamo ora, come ci avete annunciato di voler fare, Alessio dovrebbe adattarsi a vivere in una nuova famiglia, insieme alla compagna di papà e al figlio di lei. Il che a noi sembra una imposizione bella e buona. Alessio non sarebbe più padrone a casa propria ma un ospite in casa d'altri. Nel momento in cui la nostra famiglia si divide noi vogliamo restare nella nostra casa, visto che riusciamo ad andare d'accordo. Vogliamo anche restare vicino ai nostri amici. Papà e mamma, voi potreste venire a turno a stare con noi. Non c'è nulla di strano in questo tipo di soluzione, sappiamo, perché lo abbiamo letto in internet, che viene utilizzata spesso sia in Italia che in altri paesi europei».

«È così» concluse Alessio alzandosi in piedi. «Vogliamo continuare ad abitare nella nostra casa e nel nostro quartiere, tutti e due a Roma. Voi potete alternarvi, di settimana in settimana, oppure di mese in mese. A vostra scelta. E tu, mamma, cerca di trovarti un lavoro a Roma. Io ti voglio bene. Se te ne vai in Olanda, finirà che diventeremo due estranei».

Il discorso ottenne l'effetto voluto. Temevamo il peggio, e invece toccò il cuore di tutti. La mamma e il papà di Alessio si commossero. Noi, elettrizzati, partecipi e coinvolti, improvvisammo lì per lì uno slogan con la rima – Alessio e Simona, insieme a Roma! – che scandimmo varie volte in coro battendo anche i piedi fin quando Arturo, serio e deciso, ci ordinò: «Ragazzi, non esagerate. Adesso basta!»

L'incontro si concluse, manco a dirlo, con un lungo applauso.

Fu un successo anche in tribunale. Su richiesta dei genitori, il giudice deliberò che Alessio e Simona sarebbero rimasti nella loro casa romana e che ad alternarsi nel loro appartamento sarebbero stati papà e mamma, ogni settimana o ogni due settimane, in base alle esigenze, con elasticità.

Non appena venimmo a saperlo decidemmo di festeggiare, tutti insieme con Barbara, Arturo e anche Simona.

Festeggiammo con un'ottima pizza, naturalmente. «Andiamo alla Mora» proposi io, «lì mi conoscono e fanno delle pizze eccezionali».

Moustafà e Adil, un po' stupiti perché non mi vedevano da molto tempo, ci accolsero festosamente. Dissero che ero molto cresciuta. Che ero diventata una bella ragazza. Chiesero dei miei genitori, su cui riferii in modo stringato e assolutamente non esauriente.

Mi fecero promettere che avrei ripreso a frequentare la pizzeria, se non con papà e mamma, ora che ero grande, con quei miei amici tanto simpatici.

Mentre gli altri si sbizzarrivano nelle ordinazioni più disparate, io fui l'unica a ordinare una pizza bianca, con un filino d'olio.

Quella notte tardai a addormentarmi per l'eccitazione di quella bella serata. Alle tre vomiterò – pensavo – e invece il mio stomaco, inaspettatamente, non ebbe alcun problema.

Coda

Finiti gli incontri con gli psicologi, noi otto abbiamo continuato a tenerci in contatto, qualche volta ci troviamo anche con Simona o con Giggi. Quando Giggi si unisce a noi porta sempre un vassoio di paste, sul quale ci sono sempre due o tre dei cannoli siciliani per Mosi.

Un punto di incontro sicuro è la casa di Alessio e Simona, un altro è la casa di nonna Chiara, dove ormai vivo stabilmente. Lei dice che le fa piacere avere tanti giovani per casa, perché ha fatto il Sessantotto e ne ha un po' di nostalgia.

Alessio e Simona si esercitano in duetti di musica classica, ma non solo. Nessuno dei due indossa più gli indumenti intimi dell'altro. «Una sciocchezza, che voi non potete capire» ammettono, quando qualcuno scherzando glielo ricorda. I loro genitori si alternano in casa in modo elastico e ragionevole. La madre ha trovato un lavoro a Roma, meno prestigioso di quello che avrebbe potuto fare a Rotterdam, ma che consente a entrambi i figli di stare con lei. Il padre abita una settimana sì e una no con la nuova compagna che Alessio e Simona incontrano di tanto in tanto ma senza scadenze fisse. Io ho ripreso lo studio del violino e vado spesso a suonare da loro. E quando Mosi ci raggiunge col suo bongo cerchiamo di organizzare un quartetto, sia pure un po' stravagante.

Valeria continua a vedere Giggi, che ha presentato anche alla madre come il suo ragazzo: «Siamo ancora troppo giovani per sposarci, ma stiamo bene insieme». Antonio e Giovanna però non vogliono assolutamente che Giggi entri di notte nella stanza di Valeria e pretendono di essere presenti ai loro incontri. Sono invece contenti che Valeria esca con noi, e non la obbligano più a recitare il rosario. Pur continuando ad abitare da Antonio e Giovanna, Valeria ha ripreso a incontrare la madre. Fanno acquisti in centro. Vanno al cinema. Parlano dei progetti di Valeria, che vorrebbe iscriversi a medicina.

Quang ha ottenuto dai suoi genitori di fare un viaggio in Vietnam, tutti insieme. Ci è rimasto due settimane ed è stato molto contento di incontrare tante persone. È tornato più sicuro e indipendente, ma soprattutto più capace di rispondere per le rime ai ragazzi che lo punzecchiano perché è di un'altra razza. Ora nel suo repertorio ci sono risposte fulminanti come: «Ma ti sei mai guardato allo specchio!?», «Sentite, sentite, il genio ha parlato!», «Qualcosa di più intelligente?». Tornato nella famiglia adottiva, ha però mantenuto i contatti con la famiglia affidataria cambogiana che, quando lo invita a pranzo, gli cucina dei cibi orientali.

Riccardo ha smesso del tutto di tagliuzzarsi. Tre volte alla settimana accompagna in piscina suo fratello Tullio, che segue un corso di nuoto per disabili. Tullio ha fatto progressi molto rapidi e spera di essere ammesso alle gare paralimpiche. Riccardo si è iscritto a una scuola di musica, dove studia chitarra e batteria: l'obiettivo è quello, unendosi a noi quattro, di formare un gruppo rock. Terminato il liceo si iscriverà a ingegneria informatica. Un giorno, dopo avere fatto due volte il giro di Villa Ada di corsa, ci siamo baciati sul serio, non come nello psicodramma. Non è ancora il mio ragazzo, ma è diventato più simpatico.

Gianna è tornata nella sua vecchia scuola. Ha ottenuto però di cambiare classe. «Non avrei potuto tollerare di vedere tutti i giorni le facce di Noemi e Veronica. Non sono una santa!» La storia della malattia contagiosa si è sgonfiata anche perché la scuola, su nostra proposta (ci presentammo in sette, senza Gianna, al collegio dei docenti) e grazie all'appoggio di alcuni genitori, ha organizzato un programma sul bullismo in cui Gianna ha avuto un ruolo importante. È stata anche chiamata a parlare della sua esperienza in altre due scuole del quartiere. È in contatto con Diego su skype e appena possono si organizzano per andare a sciare insieme. E per quanto riguarda il tatuaggio, alla fine ha deciso di cancellarlo. È stato doloroso, ma ne è valsa la pena.

Stella e io siamo diventate molto amiche. Dopo l'esperienza del gruppo, lei ha deciso che all'università studierà psicologia. È riuscita, dopo varie ricerche e all'insaputa della matrigna, a mettersi in contatto con suo padre e probabilmente lo raggiungerà in Germania, dove lui vive e lavora. Siamo già d'accordo che se dovesse trasferirsi lì io andrò a trovarla ogni estate.

Mosi ha trovato una famiglia affidataria stabile in cui

vivono altri due 'fratelli' provenienti dalla Nigeria e una 'sorella' come lui, della Sierra Leone. Sembra bene inserito, anche se si lamenta di non riuscire a mettersi in contatto con sua sorella Fara. La sogna spesso, però, e questo per lui è il segno che lei non si è dimenticata e continua a pensarlo. Vorrebbe suonare il bongo in una orchestrina vera, in qualche locale multietnico, anche per guadagnare qualcosa. Per il momento suona gratis con noi. Ha una grande fiducia nel potere dell'amuleto che porta al collo ed è certo che la sua vita sarà felice.

Io ho fatto pace con i miei genitori, che sento spesso al telefono e che ogni tanto incontro separatamente. Mamma più di papà. Pur avendo ognuno una seconda famiglia, si interessano ai miei studi e al mio futuro. Sono affettuosi con me e non mi sgridano mai. Papà ha finalmente smesso di chiamarmi sasso. Non mi impone la presenza di Gina e di Piera, insiste, invece, perché vada in bicicletta con lui e Massimo lungo il Tevere: «Abbiamo fatto tante belle pedalate insieme, non capisco perché di botto hai abbandonato la bici». Io non gli spiego il vero motivo, mi limito a dirgli: «Ho troppo da fare».

Con mamma oltre alle solite cose, come lo shopping o qualche passeggiata a Villa Doria Pamphili con Carletto, seguo i concerti dell'Auditorium. Ne scegliamo alcuni e, sedute una accanto all'altra, trascorriamo due ore incantevoli.

Con nonna Chiara mi trovo benissimo. Con lei posso parlare di tutto. Mi lascia molta libertà. «Ho fiducia in te e so che hai la testa sul collo» mi dice, e io cerco di non deluderla.

Anche se non andiamo più in terapia, noi ragazzi del gruppo continuiamo a vedere Arturo e Barbara, in maniera informale. Qualche volta in pizzeria. Qualche altra volta per correre tutti insieme al parco. Abbiamo superato lo steccato creato dal setting terapeutico e siamo diventati amici. Barbara dice di essersi affezionata a noi, perché siamo stati il suo primo gruppo e da noi ha imparato molto.

Loro sostengono che nel gruppo abbiamo trovato una seconda famiglia, che ci ha consentito di guardare ai nostri problemi con maggiore serenità e anche di emanciparci e di crescere. «Siete diventati resilienti, ognuno a modo suo, ma grazie alla collaborazione di tutti» ha spiegato Arturo qualche giorno fa, agitando la sua coda grigia da guru, mentre ci rilassavamo sul prato dopo aver corso per quattro chilometri.

«Crescendo si prendono le distanze dai genitori, si diventa sempre più autonomi e indipendenti, pur continuando a volersi bene. Il rapporto genitori-figli deve evolvere man mano, da bambino-adulto a adulto-adulto. È nell'ordine delle cose. Per voi è stato più laborioso, per le vicende che vi sono capitate, ma ci siete riusciti, grazie alla forza che avete trovato in voi stessi e che siete riusciti a sfruttare» ha aggiunto Barbara.

Barbara non ha più quel tic di arricciolarsi i capelli intorno al dito. È miracolosamente scomparso, segno che anche i pazienti possono curare i loro terapeuti.

Fra tre mesi, una settimana e cinque giorni compirò diciassette anni. Nonna organizzerà una grande festa per tutti i miei amici, e ci sarà una torta gigante.

Indice

Lauren Wolk

L'ANNO IN CUI IMPARAI A RACCONTARE STORIE

Come *Il buio oltre la siepe*, a cui è stato paragonato da tutti i critici che l'hanno recensito, questo libro è la sintesi perfetta di avventura, suspense, impegno civile. Ambientato nel 1943, all'ombra delle due guerre, è il racconto di una ragazzina alle prese con situazioni difficili ma vitali: una nuova compagna di classe prepotente e violenta, un incidente gravissimo e un'accusa indegna contro un uomo innocente. Annabelle imparerà a mentire e a dire la verità, perché le decisioni giuste non sono mai facili e non possiamo controllare il nostro destino e quello delle persone che ci sono vicine, a prescindere da quanto ci impegniamo. Imparerà che il senso della giustizia, così vivo quando si è bambini, crescendo va difeso dalla paura, protetto dal dolore, coltivato in ogni gesto di umanità. Una scrittura nitida e coinvolgente dà voce a una delle protagoniste più forti della letteratura contemporanea e terrà incollati alle pagine sia i ragazzi che gli adulti. *L'anno in cui imparai a raccontare storie* è già un classico.

«Una storia piena di grazia e di una cruda e brutale bellezza».
The New York Times

SALANI EDITORE

David Almond

LA CANZONE DI ORFEO

Claire adora la sua amica Ella. Sono inseparabili da quando giocavano insieme da piccole e da allora Claire protegge la sua dolce, svagata bellezza. Ora condividono con i loro amici i sogni di libertà e invincibilità che solo a diciassette anni si possono avere.
Durante una gita sulle spiagge del Northumberland, Claire e i suoi amici sfidano la notte alle fiamme di un falò, dormono nelle tende e si risvegliano al canto di uno sconosciuto, comparso dal nulla. Il suo nome è Orpheus: chi lo ascolta si perde nella sua musica, rapito da un incanto antico e nuovissimo. Ed Ella ne sarà rapita più di tutti, così tanto che Claire non sa se esserne felice o preoccupata. Ma Ella e Orpheus non possono sfuggire al loro amore, è come se lo aspettassero da sempre.
Un romanzo che è come un canto, il racconto di una grande amicizia e di un primo amore, dell'irrefrenabile vitalità e dell'immensa fragilità a cui espongono. Una riscrittura sorprendente del mito di Orfeo ed Euridice, un inno alla gioventù avventata, all'amore totalizzante e alla vita senza paure, nello stile lirico e visionario di Almond.

«Uno scrittore che ha l'intensità visionaria di William Blake».
The Times

SALANI EDITORE

Anne Bragance

LA LUCE DEI FIORI NELLA NOTTE

Edgar, detto Sweetie, è un ragazzino diverso dagli altri: a dodici anni l'unica cosa che gli interessa è 'tutto ciò che di verde e silenzioso esiste tra il cielo e la terra'. Capace di stare ore a guardare un ramo ondeggiare dietro una finestra, ha imparato ad ascoltare ogni desiderio delle piante e dei fiori del suo giardino, e va d'accordo solo con l'anziano giardiniere Lucas. Non gli interessano i coetanei, né tantomeno la rutilante mondanità che circonda i genitori che lavorano nel cinema: Sweetie riserva a tutti uno sdegnoso silenzio o un pungente sarcasmo pronto a disvelare ogni ipocrisia. Quando i suoi gli annunciano l'arrivo di un fratellino adottivo, un bambino peruviano di cinque anni di nome Anibal, Sweetie non la prende affatto bene. Ma a poco a poco 'l'indio', buffo, cagionevole e, proprio come lui, taciturno e fuori posto, lo conquisterà completamente. Tanto che quando i genitori decideranno di separarli non rimarrà che una cosa da fare: darsi a un'improbabile fuga alla volta delle Ande...
Raccontato attraverso la voce di Sweetie, ironica, impietosa, ingenua e tenerissima allo stesso tempo, questo romanzo è un piccolo classico della letteratura francese contemporanea, per non dimenticare come ci si sente 'dalla parte dei bambini'. E per scoprire quanta bellezza si nasconde nell'impresa di entrare in sintonia con culture diverse dalla nostra e 'diventare' fratelli.

«Questo libro trascina il lettore nel flusso magico delle sue parole. Uno sguardo nuovo e critico sui rapporti tra genitori e figli».
Le Magazine Littéraire

SALANI EDITORE

Fotocomposizione: Simona Gilberti

Finito di stampare
nel mese di ottobre 2018
per conto della Adriano Salani Editore s.u.r.l.
da ELCOGRAF S.p.A., stabilimento di Cles (TN)
Printed in Italy